Reconocimientos para Stargirl

- ⭑ Incluido en ALA Top Ten Best Book for Young Adults
- ⭑ *Publishers Weekly* Best Book of the Year
- ⭑ *Parents' Choice* Gold Award
- ⭑ NAIBA Book Award for Children's Literature
- ⭑ Bank Street College of Education Best Book of the Year
- ⭑ Finalista de Book Sense Book of the Year
- ⭑ ABC Children's Booksellers' Choice
- ⭑ New York Public Library Book for the Teen Age
- ⭑ *New York Times* Bestseller
- ⭑ Primer puesto del Arizona Young Readers' Award
- ⭑ Primer puesto del Garden State Teen Book Award (New Jersey)
- ⭑ Primer puesto del Young Hoosier Book Award (Indiana)
- ⭑ Tercer puesto del Rebecca Caudill Young Readers' Book Award (Illinois)

Título original: *Stargirl*
© 2000, Jerry Spinelli
Publicado en español con la autorización de Random House Children's
Books, una división de Random House, Inc. New York, NY, USA

© De esta edición:
2004, Santillana USA Publishing Company, Inc.
2105 NW 86th Avenue
Miami, FL 33122, USA
www.santillanausa.com

Diseño e ilustración de la portada:
© 2000 by Alfred A. Knopf.
Uso autorizado por Random House, Inc.

Traducción de María Lara y Sandra Díaz-Aguado
Editora: Martha Higueras Díez
Adaptación para América: Isabel C. Mendoza

Alfaguara es un sello editorial del **Grupo Santillana**.
Éstas son sus sedes:

ARGENTINA, BOLIVIA, CHILE, COLOMBIA, COSTA RICA, ECUADOR,
EL SALVADOR, ESPAÑA, ESTADOS UNIDOS, GUATEMALA, MÉXICO,
PANAMÁ, PARAGUAY, PERÚ, PUERTO RICO, REPÚBLICA DOMINICANA,
URUGUAY Y VENEZUELA.

ISBN: 1-59437-815-0

Impreso en Colombia por Grupo OP Gráficas S.A.

JERRY SPINELLI

ALFAGUARA

Para Eileen, mi Stargirl.

*Para Loren Eiseley, quien nos enseñó
que lo que somos es
en lo que nos estamos convirtiendo.*

Y para Sonny Liston.

La corbata
con puercoespines

Cuando yo era pequeño, mi tío Pete tenía una corbata con un puercoespín bordado. A mí me parecía la corbata más bonita del mundo. Tío Pete aguardaba paciente mientras yo deslizaba la mano sobre la superficie sedosa, como esperando a pincharme con una de las púas. En una ocasión, me la dejó llevar. Durante mucho tiempo no hice más que buscar una igual para mí, pero nunca llegué a encontrarla.

Tenía doce años cuando nos mudamos de Pennsylvania a Arizona. Cuando tío Pete vino a despedirse, llevaba la corbata puesta. Pensé que lo hacía para que la mirara por última vez y se lo agradecí. Pero entonces, con un gesto dramático, se quitó la corbata rápidamente y me la puso alrededor del cuello.

—Es tuya —dijo—. Un regalo de despedida.

Me gustaba tanto esa corbata que decidí empezar una colección. Dos años después de instalarnos en Arizona, el número de corbatas que formaba mi colección era una. ¿Dónde podía encontrar una corbata con puercoespines en Mica, Arizona (o en cualquier otro lugar, en realidad)?

Cuando cumplí catorce años, leí mi nombre en el periódico local. La sección Familia le dedicaba una parte a los cumpleaños de los más jóvenes y mi madre les había proporcionado cierta información. La última frase decía: «El hobby de Leo Borlock es coleccionar corbatas con puercoespines».

Unos días más tarde, al volver de la escuela, encontré una bolsa de plástico en la entrada de la casa. Dentro, atado con un lazo amarillo, había un paquete envuelto en papel de regalo. En la etiqueta decía «¡Feliz cumpleaños!». Abrí el paquete. Era una corbata con puercoespines. Dos puercoespines jugaban a los dardos con sus púas mientras un tercero se hurgaba en los dientes.

Inspeccioné la caja, la etiqueta, el papel. El nombre del remitente no estaba en ningún lado. Les pregunté a mis padres. Les pregunté a mis amigos. Llamé a mi tío Pete. Todo el mundo negó saber algo del tema.

En ese momento, consideré el episodio un misterio. No se me ocurrió pensar que me estaban observando. A todos nos estaban observando.

—¿La has visto?

Eso fue lo primero que me dijo Kevin el primer día de clase, en undécimo grado. Estábamos esperando a que sonara el timbre.

—¿Que si he visto a quién? —pregunté.

—¡Ah! —estiró el cuello, buscando entre la gente. Parecía haber sido testigo de algo sorprendente, se le notaba en la cara. Sonrió, todavía buscando—. Ya lo sabrás.

Había cientos de nosotros pululando, llamándonos los unos a los otros, señalando los rostros bronceados que no habíamos visto desde el mes de junio. Nuestro interés por el resto nunca era tan grande como el de los quince minutos anteriores al primer timbre del primer día.

Le di un codazo.

—¿A quién?

Sonó el timbre. Entramos en tropel.

Volví a escucharlo en clase, durante el Saludo a la Bandera, una voz susurrante:

—¿La has visto?

11

Lo escuché por los pasillos. Lo escuché en clase de inglés y de geometría.

—¿La has visto?

¿Quién podría ser? ¿Una nueva estudiante? ¿Una rubia impresionante de California? ¿O del Este de Estados Unidos, como muchos de nosotros? ¿O se trataría de una metamorfosis estival, de una de esas chicas que se van en junio siendo niñas y vuelven en septiembre con un verdadero cuerpo de mujer, un milagro en diez semanas?

Y entonces, en geografía, escuché un nombre.

—Stargirl.

Me giré hacia un compañero de duodécimo grado agazapado detrás de mí.

—¿Stargirl? —dije—. ¿Qué tipo de nombre es ése?

—El que oyes. Stargirl Caraway. Ella misma lo dijo en la primera clase.

—¿Stargirl?

—Sí.

Entonces la vi. A la hora del almuerzo. Llevaba un vestido blanco hueso tan largo que no se le veían los zapatos. Tenía volantes en el cuello y en los puños; podría haber sido el vestido de boda de su abuela. Su pelo era del color de la arena. Le llegaba a los hombros. Llevaba algo a la espalda y no era una mochila. Al principio pensé que era una guitarra diminuta. Más tarde descubrí que era un ukelele.

No llevaba una bandeja para la comida. Llevaba una bolsa de lona enorme con un girasol de tamaño natural pintado. Al entrar, se hizo un silencio de ultratumba en el comedor. Se paró enfrente de una mesa vacía, dejó su bolsa, colgó el instrumento en la silla y se sentó. Sacó un sándwich de la bolsa y empezó a comer.

Prácticamente nadie le quitó los ojos de encima y los que lo hicieron, fue para murmurar.

—¿Qué te dije? —Kevin sonrió con malicia.

Asentí.

—Está en décimo grado —dijo—. He oído que hasta ahora ha estudiado en casa.

—Quizá eso lo explique todo —dije.

No podía ver su rostro, estaba de espaldas a nosotros. Nadie se sentó con ella, sin embargo, en las mesas de alrededor, estaban apiñados. Ella parecía no darse cuenta. Parecía una isla en medio de un océano de rumores y rostros inquisitivos.

De nuevo, Kevin sonrió maliciosamente.

—¿Estás pensando lo mismo que yo? —dijo.

Le devolví la sonrisa. Asentí. *La Silla en Llamas*.

La Silla en Llamas era nuestro programa de televisión de la escuela. Yo era el productor y director, Kevin era el presentador. Entrevistábamos a un estudiante al mes. Hasta ahora, la mayoría habían sido estudiantes modelo, deportistas, ciudadanos ejemplares. Gente que se destacaba en lo típico, aunque no fueran especialmente interesantes.

De pronto, los ojos de Kevin se abrieron como platos. La chica agarró el ukelele y empezó a tocar. Y luego, ¡a cantar! Inmersa en la música, siguiendo el ritmo con sus movimientos, cantaba: «Busco un trébol de cuatro hojas que hace tiempo que no veo». Se hizo un silencio sepulcral. Y entonces, se oyó el aplauso de una única persona. Miré. Era el cajero del comedor.

Luego, Stargirl se puso de pie, se colgó la bolsa del hombro y caminó entre las mesas al tiempo que tocaba y cantaba; pavoneándose y contoneándose. Cabezas que giraban, ojos siguiéndola, rostros boquiabiertos. Incredulidad. Al acercarse a nuestra mesa, pude verle la cara por primera vez. No es que fuera guapa, pero no era fea. Una nube de pecas recorría el puente de su nariz. En general, era muy parecida a otras muchas chicas de la escuela, excepto por dos cosas: no llevaba maquillaje y tenía los ojos más grandes que jamás había visto. Como los ojos de un ciervo sorprendido por los faros de un auto. Se contoneó al pasar a nuestro lado, el vuelo de su falda rozó mi pierna y se fue.

Se oyeron tres lánguidos aplausos. Alguien silbó. Alguien vitoreó.

Kevin y yo nos miramos embobados.

—¡Próximo invitado en *La Silla en Llamas*: Stargirl! —exclamó Kevin alzando las manos simulando un cartel.

—¡Sí! —golpeé la mesa.

Chocamos los cinco.

Al día siguiente, cuando llegamos a la escuela, Hillari Kimble estaba en la puerta, rodeada por un corrillo de gente.

—No es real —dijo Hillari con desdén—. Es una actriz, todo esto es una artimaña.

—¿Quién está detrás de todo esto? —voceó alguien.

—¿Tú quién crees? La administración, el director... ¿Qué más da? —Hillari puso cara de desesperación ante lo absurdo de la pregunta.

—¿Para qué? —preguntó alguien, incrédulo.

—Pues para fomentar el espíritu de la escuela —le reprochó—. Les parece que el año pasado este sitio estaba muerto. Creen que si plantan algún chiflado entre nosotros...

—¡Igual que meten camellos en las escuelas! —dijo otro.

Hillari le lanzó una mirada desafiante, y continuó:

—... algún chiflado que arme un poco de lío, lo mismo así a alguno nos da por ir a los partidos o apuntarnos a alguna de las actividades de la escuela.

—¡En lugar de meterse mano en la biblioteca! —gritó alguien al fondo. Todo el mundo empezó a reírse, sonó el timbre y nos fuimos a clase.

La teoría de Hillari se extendió por la escuela y tuvo buena acogida.

—¿Tú crees que Hillari tiene razón? —me preguntó Kevin—. ¿Crees que todo es un montaje?

—Escúchate a ti mismo —dije riendo entre dientes.

—¿Qué? —exclamó con gesto de incomprensión.

—Ésta es la Escuela Preparatoria de Mica —le recordé—, no una operación de la CIA.

—Quizá —dijo Kevin—, pero espero que Hillari tenga razón.

—¿Y por qué ibas a esperar eso? ¡Si no es una estudiante de verdad, no podemos invitarla a *La Silla en Llamas*!

—Como siempre, Sr. Director —susurró Kevin sonriendo con picardía—, se olvida usted de ver el cuadro entero. Podemos sacarlo a la luz, ¿o no? —de nuevo, alzó las manos simulando un cartel—: ¡*La Silla en Llamas* desentraña la argucia de la escuela!

—Tú quieres que sea una farsa, ¿no? —le pregunté mirándolo a los ojos.

Me susurró al oído.

—Por supuesto. Nuestra audiencia se dispararía.

He de admitirlo, cuanto más la veía, más fácil me parecía pensar que era una artimaña, una broma, cualquier cosa menos una chica normal.

El segundo día llevaba unos pantalones cortos muy amplios de un rojo chillón con una especie de babero con tirantes, como un peto, y se había recogido el pelo en dos trenzas, como dos antenas, atadas cada una con un lazo rojo chillón. En cada pómulo lucía unas manchas de colorete rojo e incluso se había pintado unas pecas descomunales. Parecía Heidi.

De nuevo, a la hora del almuerzo, se sentó sola en una mesa. Como en la primera ocasión, cuando terminó de comer, agarró el ukelele. Esta vez no tocó. Se levantó y empezó a andar entre las mesas. Nos miró detenidamente uno a uno, mesa por mesa. Miraba como nadie lo haría, especialmente a desconocidos. El tipo de mirada osada, de las de «te estoy mirando». Parecía estar buscando a alguien y el comedor entero empezó a sentirse incómodo.

Cuando se acercó a nuestra mesa pensé: «¿Y si me está buscando a mí?». Sólo imaginármelo me aterraba. Así que volví la cabeza. Miré a Kevin. Vi cómo le sonreía con cara de tonto. Hizo un movimiento con la mano y susurró:

—¡Eh! ¡Stargirl! —no oí ninguna respuesta. Estaba demasiado concentrado en que pasara de largo.

Se paró dos mesas más atrás. Sonrió a un chico regordete de un curso superior que se llamaba Alan Ferko. Se hizo un silencio de ultratumba. Empezó a tocar el ukelele y a cantar. Cantó *Cumpleaños feliz*. Cuando llegó al nombre, dijo incluso su apellido:

> *Te deseeeaaamos Alan Ferkoooo...*
> *¡cumpleaaaños feeelizzz!*

Alan Ferko se puso rojo como un tomate. Hubo un aluvión de silbidos y carcajadas, más por Alan, creo, que por ella. Cuando Stargirl salía del comedor, pude ver a Hillari Kimble al otro lado del comedor levantándose, señalándola y diciendo algo que no pude oír.

—Te digo una cosa —me dijo Kevin cuando nos unimos al resto en el pasillo—, es mejor que sea una farsa.

Le pregunté qué quería decir.

—Quiero decir que si es real, va a tener problemas. ¿Cuánto tiempo crees que va a durar aquí alguien que *de verdad* es así?

Buena pregunta.

La Escuela Preparatoria de Mica (EPM) no era precisamente un hervidero de inconformistas. Había alguna que otra variación, por supuesto, pero la gran mayoría vestía la misma ropa, hablaba del mismo modo, comía la misma comida y escuchaba la misma música. Hasta los pringados y los empollones llevaban un sello de pertenencia la EPM. Si por cualquier motivo, resultaba que sobresalíamos en algo, no tardábamos en volver a nuestra posición inicial, como gomas elásticas.

Kevin tenía razón. Era impensable que Stargirl pudiera sobrevivir (al menos tal y como era) entre nosotros. Pero también estaba claro que Hillari Kimble tenía razón, por lo menos en parte: esta chica que se hacía llamar Stargirl podía o no ser una artimaña del profesorado con el fin de fomentar el espíritu de la escuela, pero en cualquier caso, no era real.

No podía serlo.

Durante esas semanas de septiembre, en repetidas ocasiones se presentó en la escuela con algún detalle escandaloso en su indumentaria. Un traje de los años veinte, unos pantalones de gamuza como los de los indios, un kimono… Un día vino con una minifalda vaquera y calcetines verdes y una ristra de pins con forma de mariquitas y mariposas subiéndole por una pierna. «Ir normal» significaba para ella faldas y trajes largos hasta el suelo.

Cada poco tiempo le daba la serenata a alguien cantándole *Cumpleaños feliz*. ¡Cuánto me alegraba de que mi cumpleaños fuera en verano!

En los pasillos saludaba a absolutos desconocidos. Los mayores no daban crédito, nunca habían visto a una chica tan joven y tan atrevida.

En clase levantaba la mano sin cesar, haciendo todo tipo de preguntas, aunque no tuvieran absolutamente nada que ver con lo que se estaba enseñando. Como el día que preguntó algo sobre los gnomos en clase de historia de América.

En clase de geometría, se inventó una canción sobre el triángulo de isósceles y la cantó delante de todo el mundo. Se llamaba *Tres ángulos tengo, pero sólo dos son iguales.*

Se apuntó al equipo de campo a través. En Mica, las carreras se celebraban en el Club de Campo. El recorrido estaba indicado con banderas rojas. La primera vez que corrió, en mitad de la carrera, decidió girar a la izquierda a pesar de que el resto giró a la derecha. La esperaron en la línea de llegada. Nunca se presentó. La expulsaron del equipo.

Una vez oímos un grito en el pasillo. Alguien había visto una diminuta carita marrón asomarse por la bolsa de Stargirl. Era su mascota, un ratón. Lo traía a la escuela todos los días.

Una mañana cayó uno de esos inusitados chaparrones. Fue durante la clase de educación física. La profesora nos dijo a todos que entráramos. Camino a la siguiente clase, miramos por la ventana. Ahí seguía Stargirl. Bajo la lluvia. Bailando.

Queríamos definirla, encasillarla como habíamos hecho con el resto, pero no pasábamos de los adjetivos «rara», «extraña» y «estrambótica». Las cosas que hacía nos dejaban completamente fuera de combate. Una única palabra parecía flotar inmóvil en el cielo azul sobre la escuela:

¡¡¿¿Eeeeehhhh??!!

Todo lo que hacía Stargirl provocaba una especie de eco en Hillari Kimble: No es real... No es real...

Y cada noche, cuando la luna se asomaba a mi ventana, pensaba en ella. Podría haber bajado la persiana para evitar la luz y caer dormido, pero nunca lo hice. En esos momentos iluminados por la luna, veía las cosas bajo otro punto de vista. Cuando la grandiosa luna ronroneaba entre mis sábanas blancas, como un gato pardo que llegara del desierto, me invadía una sensación placentera; la noche no era lo contrario del día, sino su cara oculta, su lado íntimo.

Durante una de esas noches de luna supe que Hillari Kimble estaba equivocada.

Stargirl era real.

Kevin y yo nos peleábamos a diario.

Como productor de La Silla en Llamas, mi función era seleccionar a los invitados del programa. A continuación, Kevin empezaba a investigar y a preparar las preguntas sobre el estudiante en cuestión.

—¿La has fichado ya? —me preguntaba todos los días.

Siempre le contestaba que no. A Kevin se le alteraban los nervios.

—¡¿Cómo que no?! ¿Es que no quieres ficharla?

Confesé que no estaba seguro. Casi se le salen los ojos de las órbitas.

—¡¿Que no estás seguro?! ¿Cómo puedes no estar seguro? Hace semanas estábamos chocando los cinco en el comedor. Hasta habíamos hablado de hacer una serie con Stargirl. ¡¡¡Pero si es como si hubiese caído del cielo para *La Silla en Llamas*!!!

—Eso era antes, ahora no estoy seguro —dije encogiéndome de hombros.

Me miró como si tuviera monos en la cara.

—Pero ¿de qué no estás seguro?

De nuevo, me encogí de hombros.

—Okay, okay —dijo haciendo ademán de irse—, pues la ficho yo.

—Pues entones tendrás que buscar otro director.

Se paró. Le salía humo por las orejas. Se giró y me señaló amenazante.

—Leo, cuando quieres, te comportas como un verdadero imbécil.

Esta vez, sí se fue.

La situación era muy incómoda. Normalmente, Kevin y yo estábamos de acuerdo en todo. Desde que aterrizamos en Arizona la misma semana, hace ya cuatro años, habíamos sido muy buenos amigos. Los dos pensábamos que el cactus de pera, con sus púas, parecía una raqueta de ping-pong con bigotes y que los saguaros[1] parecían manoplas para los dinosaurios. A los dos nos encantaban los helados de fresa y plátano y los dos queríamos trabajar en la televisión. Kevin a menudo decía que quería convertirse en uno de esos presentadores de poca monta, y lo peor era que lo decía en serio. Yo soñaba con ser un reportero de deportes o el presentador de un noticiero. Juntos creamos *La Silla en Llamas* y convencimos al profesorado para que nos dejara llevarlo a cabo. El éxito fue inmediato, no tardó en convertirse en la actividad más conocida de la escuela.

Entonces, ¿por qué me oponía?

---

[1] Cactus característico del estado de Arizona

No lo sabía. Una vorágine de sensaciones hervía en mi cabeza, pero la única que podía identificar consistía en una advertencia: déjala en paz.

Con el tiempo «La Hipótesis de Hillari» (así la llamaba Kevin) sobre los orígenes de Stargirl dio paso a otras teorías:

Llamaba la atención para que la descubrieran como actriz.

Se drogaba.

Su escolarización en casa la había vuelto loca.

Era una marciana.

El ratón que traía a la escuela era sólo la punta del iceberg. En realidad, tenía cientos de ellos, algunos del tamaño de un gato.

Vivía en un pueblo fantasma perdido en el desierto.

Vivía en un autobús.

Sus padres trabajaban en el circo.

Sus padres eran brujos.

Sus padres estaban en estado vegetal en un hospital de Yuma.

Observábamos cómo llegaba a clase, se sentaba y sacaba de su bolsa de lona una cortina azul y amarilla con volantes y la colocaba encima del pupitre. A continuación, sacaba un florero diminuto de cristal translúcido y metía una margarita blanca y amarilla. Repetía este ritual cada vez que cambiaba de clase, unas seis veces al día. Los lunes a primera hora, la margarita estaba recién cortada; a última, los pétalos empezaban a decaer; el miércoles empezaba a perderlos y el tallo se debilitaba; el viernes, la flor colgaba del florero sin agua y lo que quedaba de ella era polen esparcido por la mesa.

Cuando cantaba *Cumpleaños feliz* en el comedor, cantábamos con ella. Nos saludaba en clase y por los pasillos, y nos preguntábamos cómo sabría nuestros nombres o cuándo eran nuestros cumpleaños.

Sus ojos de ciervo le daban un aire de perpetua estupefacción. Cuando nos miraba, nos dábamos la vuelta preguntándonos qué nos estaríamos perdiendo.

Se reía sin motivo aparente. Bailaba cuando no había música.

No tenía amigos, aunque era la persona más amable de la escuela.

Cuando hacía preguntas en clase, hablaba de caballitos de mar y de estrellas; sin embargo, no sabía lo que era un balón de fútbol americano.

Decía que no tenía televisión en su casa.

Era huidiza. Era hoy. Era mañana. Era el suave aroma de la flor del cactus. La sombra fugaz del búho. No sabíamos dónde encasillarla. Como a una mariposa, intentábamos atraparla en una red, pero de alguna forma, se escapaba y alzaba el vuelo.

* * *

Kevin no era el único, otros chicos me perseguían pidiéndome que la llevara al programa.

Mentía. Me excusaba diciendo que en *La Silla en Llamas* sólo se admitían alumnos a partir de undécimo grado y ella estaba en décimo.

Mientras tanto, yo mantenía las distancias y la observaba como a un pájaro enjaulado. En una ocasión, al girar una esquina, la vi. Venía hacia mí, con su falda larga, mirándome a los ojos, inundándome con su mirada. Giré bruscamente y tomé otro camino. Cuando me senté en la siguiente clase, estaba nervioso, apabullado. Me pregunté si se me notaría esta reacción tan absurda. ¿Me estaría convirtiendo yo también en alguien raro? Lo que sentí cuando me topé con ella en la esquina fue algo muy parecido al pánico.

Un día, al salir de la escuela, la seguí. Mantuve una distancia prudencial. Todos sabíamos que no volvía a casa en autobús, por lo que supuse que vivía cerca. No fue así. Nos recorrimos Mica de arriba abajo. Pasamos por cientos de jardines estériles de piedras y cactus; atravesamos el centro comercial y rodeamos la zona industrial dedicada a la electrónica que dio origen hace apenas quince años a la ciudad de Mica.

Sacó un papel de su bolsa y lo consultó. Parecía estar buscando una dirección en concreto. De pronto, empezó a subir por un camino hasta una casa, se dirigió a la puerta principal y dejó algo en el buzón.

Esperé a que se alejara. Miré a mi alrededor: no había nadie. Fui hasta el buzón y saqué una tarjeta hecha a mano. La abrí, cada letra estaba pintada de un color. La tarjeta decía: «¡FELICIDADES!». No estaba firmada.

No dejé de seguirla. Era la hora de la cena y había muchos autos circulando por las calles. Mis padres se estarían preguntando dónde andaba.

Agarró a Cinnamon, su mascota, y se lo puso en el hombro. El ratón me miraba con su carita triangular asomando a través del pelo rubio de Stargirl. No podía ver sus ojos negros como cuentas, pero imaginé que me estaba mirando y contándole a Stargirl lo que veía. Dejé más distancia entre nosotros.

Las figuras de la calle se habían convertido en sombras.

Pasamos el centro de lavado de autos y la tienda de bicicletas. Pasamos el club de golf, la explanada de césped más extensa de Mica hasta el campo de golf de la siguiente ciudad. Sobrepasamos el cartel de bienvenida a Mica. Nos dirigíamos hacia el oeste. Estábamos nosotros, la autopista, el desierto y el sol ardiendo sobre las montañas Maricopas. Eché de menos mis gafas de sol.

Al cabo de un rato, se alejó de la autopista. Dudé si continuar siguiéndola. Andaba directa hacia la puesta de sol, una inmensa bola naranja coronando la cresta de la montaña. Por un instante, el paisaje tomó el mismo color violeta que su falda. A cada paso que daba, el silencio se hacía más intenso, y mi instinto me decía que ella sabía, y había sabido todo el tiempo, que la estaban siguiendo. Es más, me estaba guiando. En ningún momento miró hacia atrás.

Tocó el ukelele. Cantó.

Ya no alcanzaba a ver a Cinnamon, pero lo imaginé dormido, oculto en su pelo; imaginé que cantaba con ella. El sol se puso detrás de las montañas.

¿Adónde iría?

Según iba anocheciendo, las sombras de los saguaros se tornaban en inmensos gigantes tendidos sobre la tierra árida. Sentí el aire frío en la cara. El desierto olía a manzana. Oí algo, ¿sería un coyote? Pensé en serpientes de cascabel y en escorpiones.

Me paré. Vi cómo ella continuaba andando. Retuve mis ganas de llamarla, de prevenirla... ¿Contra qué?

Me di la vuelta y empecé a andar y, después, a correr hacia la autopista.

Hillari Kimble era conocida en la Escuela Preparatoria de Mica por tres cosas: por bocona, por el Engaño y por Wayne Parr.

Su boca parecía tener vida propia. Se quejaba sin cesar.

El episodio conocido como el Engaño sucedió en décimo grado, cuando hizo las pruebas para ser porrista. Tenía el pelo, el cuerpo y sin duda la boca adecuados para ser la porrista perfecta; y de hecho pasó las pruebas sin esfuerzo. Después, nos dejó a todos atónitos cuando rechazó la oportunidad, dijo que sólo quería probar que podía hacerlo, que no tenía ninguna intención de gritar y saltar para bancos sin espectadores (no solían acudir las masas). En cualquier caso, Hillari odiaba los deportes.

Wayne Parr era su novio. Era lo contrario a ella: rara vez abría la boca. No tenía por qué. Se limitaba a aparecer; ésa era su función: hacer acto de presencia. Tanto para las chicas, como para los chicos, Wayne Parr resultaba guapo. Pero era mucho más (y mucho menos) que eso.

No era conocido por destacarse en nada. No hacía deporte, no pertenecía a ninguna organización, no había recibido ningún premio, no sacaba sobresalientes. Nunca lo eligieron para nada, ni le concedieron ninguna mención especial; y a pesar de todo esto (y aunque yo no me di cuenta hasta muchos años más tarde) era la máxima autoridad del cuerpo estudiantil.

No nos levantábamos por las mañanas preguntándonos: ¿qué se pondrá hoy Wayne Parr? o ¿qué hará hoy Wayne Parr? Por lo menos, no conscientemente. Sin embargo, más allá de la consciencia, eso era exactamente lo que hacíamos. Wayne Parr no acudía a ver los partidos de fútbol americano ni de baloncesto, y en general, los demás tampoco. Wayne Parr no hacía preguntas en clase, ni adulaba a los profesores, ni encabezaba las concentraciones de estudiantes, el resto tampoco. Wayne Parr no se esforzaba por nada. El resto tampoco.

¿Éramos todos una creación de Parr? ¿O era Parr un reflejo del resto? Sólo sabía que si pelabas una por una las capas que formaban el cuerpo estudiantil, no encontrabas en el núcleo del espíritu de la escuela sino a Wayne Parr. Éste fue el motivo por el que, en décimo grado, fiché a Parr como invitado en *La Silla en Llamas.* Kevin se sorprendió mucho.

—¿Por qué él? —me preguntó—, si no ha hecho nada en su vida.

¿Qué podía responderle? ¿Que Parr era digno de *La Silla en Llamas* precisamente porque nunca había hecho nada, porque le quedaba increíblemente bien no hacer nada? Invitarlo fue un acto instintivo por mi parte, pero no tenía palabras para responder por qué. Así que me encogí de hombros.

El punto álgido del programa fue cuando Kevin le hizo la pregunta rutinaria de quién era su ídolo, su héroe. Era una de las preguntas típicas de Kevin.

—*Manhealth* —respondió Parr.

Desde la sala de realización, ordené que comprobaran los micrófonos. ¿Estaba funcionando el sistema de sonido?

—¿¿*Manhealth*?? —repitió Kevin sin dar crédito—, ¿¿la revista *Manhealth*??

Parr no miró a Kevin. Miró fijamente a la cámara. Afirmó con aire presuntuoso. Siguió diciendo que quería convertirse en modelo, y que su mayor ambición era aparecer en la portada de la revista *Manhealth*. Y directamente, empezó a posar para la cámara y pude verlo: la mandíbula angulosa, los pómulos cincelados, el pelo y los dientes perfectos... Sí que tenía ese toque soberbio de los modelos.

Eso, como digo, ocurrió a finales de décimo grado. Entonces pensé que Wayne Parr reinaría siempre como la máxima autoridad de la escuela. ¿Cómo podía imaginarme que su protagonismo pronto se vería reemplazado por el de una estudiante llena de pecas?

Kevin me llamó un viernes por la tarde. Había ido a ver el partido de fútbol americano.

—¡Corre! ¡Date prisa! ¡Deja lo que estés haciendo!

Kevin era uno de los pocos que iba a ver los partidos. La escuela no dejaba de amenazar diciendo que se iban a cancelar por escasez de público. Con lo que se sacaba de las entradas, apenas daba para pagar la iluminación del campo.

Pero Kevin había llegado a gritarme al teléfono. Subí a la furgoneta de mis padres y salí disparado hacia el estadio. Cuando llegué, Kevin estaba en la puerta moviendo los brazos como un molino de viento: «¡Corre!». Tiré los dos dólares que costaba el partido al de la ventanilla de las entradas y salimos disparados hacia el campo.

—Lo vas a ver mejor desde ahí arriba —me dijo, empujándome hacia las gradas.

Era justo el descanso. La orquesta estaba en el campo, eran unos catorce. Los llamábamos «La orquesta ambulante más pequeña del mundo». No eran suficientes como para dibujar letras o formas (bueno, excepto una I mayúscula). No solían desfilar demasiado en los intermedios; se limitaban a quedarse de pie en dos filas de siete más el director de orquesta. No había *majorettes,* ni guardia de banderillas, ni chicas con banderas o rifles.

Excepto esa tarde que Stargirl Caraway estaba con ellos. Con su vestido amarillo limón, brincaba descalza a su alrededor mientras tocaban; iba de una portería a otra; giraba y giraba como un torbellino; desfilaba como un soldadito de madera; simulaba que tocaba una flauta imaginaria; saltaba en el aire haciendo piruetas... Las porristas estaban pasmadas en la línea de banda. Unos cuantos silbaron desde las gradas. Los demás, que ni siquiera superaban en número a los de la orquesta, estaban simplemente estupefactos.

La orquesta dejó de tocar y salió del campo. Stargirl se quedó. Todavía estaba haciendo volteretas a lo largo y ancho del campo cuando llegaron los jugadores. Estuvieron calentando durante unos minutos. Se unió a ellos haciendo flexiones y ejercicios de estiramiento. Los jugadores se pusieron en posición para empezar el segundo tiempo. El balón también estaba en su sitio. El árbitro pitó, señaló a Stargirl y con ademanes le indicó que saliera del campo. En lugar de eso, se abalanzó hacia el balón, y se puso a bailar con él haciéndolo girar, abrazándolo, lanzándolo y atrapándolo en el aire. Los jugadores miraron a sus entrenadores, los entrenadores a los árbitros de banda, los árbitros de banda tocaron los pitos y se dispusieron a rodearla. El único policía que había en el estadio se dirigió hacia el campo. De una patada, Stargirl mandó el balón más allá del banquillo del equipo contrario y salió corriendo del campo y del estadio.

Todos vitoreamos: los espectadores, las porristas, la orquesta, los jugadores, los árbitros de banda, los padres que se encargaban del puesto de los perritos calientes, el policía, yo. Silbamos y pateamos sobre las tribunas de aluminio. Las porristas miraban gratamente sorprendidas. Por primera vez, eran testigos de una respuesta por parte de los espectadores. Dieron volteretas e hicieron saltos mortales e incluso una pirámide de tres filas. Los veteranos, si es que podía haber veteranos en una ciudad tan joven como Mica, decían no haber visto jamás un espectáculo semejante.

* * *

Al siguiente partido se presentaron más de mil personas en el estadio. Todos excepto Wayne Parr y Hillari Kimble. La fila de la ventanilla de las entradas era eterna. El puesto de las bebidas se quedó sin perritos calientes. Hubo que llamar a un segundo policía. Las porristas estaban en la gloria. Gritaban a la gente en las gradas:

—¡Dame una E!

—¡E! —coreaban los espectadores.

Nos llamábamos Los Electrones, en honor a la industria electrónica de la ciudad.

Las porristas hicieron todos sus bailes antes de que terminara el primer cuarto del partido. La orquesta tocó con ímpetu y fuerza. Incluso los jugadores marcaron un *touchdown*. En las gradas se veían las cabezas girar de un lado a otro. Primero hacia la entrada, luego hacia la farola que iluminaba la oscuridad más allá del estadio. A medida que se acercaba el final del primer tiempo del partido, las expectativas fueron aumentando. La orquesta desfiló con elegancia. Incluso los músicos miraban de un lado a otro. Completaron su programa y formaron un pequeño círculo asimétrico. No se iban del campo, alargaban las notas musicales haciendo tiempo. Finalmente, se fueron a la línea de banda un poco a regañadientes. Los jugadores volvieron al campo. No dejaban de mirar hacia los lados mientras calentaban. Al terminar el segundo tiempo, el estadio entero estaba decepcionado. Incluso en los bailes de las porristas se notaba.

Ella no volvería.

* * *

El lunes siguiente, todos nos quedamos anonadados cuando vimos a la bellísima Mallory Stillwell, capitana de las porristas, sentada con Stargirl en el comedor. Se sentó con ella, comió con ella, habló con ella y se fue con ella. A última hora, ya lo sabía toda la escuela: Mallory le había propuesto formar parte del equipo de las porristas y Stargirl había aceptado.

El rumor llegó hasta Phoenix. ¿Se pondrá la misma falda y el mismo suéter que el resto del equipo? ¿Participará en los bailes típicos de las porristas? ¿Estarán todas las porristas de acuerdo o habrá sido idea de la capitana? ¿Estarán celosas?

Multitud de gente empezó a acudir a los ensayos de las porristas. En una ocasión, llegamos a ser unos cien en el estacionamiento observando cómo Stargirl aprendía los bailes y cómo, con ese vestido que le llegaba hasta el suelo, saltaba de un lado a otro.

Se pasó dos semanas practicando. A mediados de la segunda semana comenzó a llevar uniforme: un suéter blanco con cuello de pico perfilado con líneas verdes.

Aun así, para nosotros no era una porrista cualquiera, era Stargirl vestida de porrista. Seguía tocando el ukelele, cantando *Cumpleaños feliz* a la gente y haciendo del pupitre su casa. Los días que no había partido, seguía llevando faldas largas. En Halloween, todos los de su clase se encontraron una calabaza de caramelo en su escritorio. Nadie tuvo que preguntar quién la había dejado. En aquella época, muchos de nosotros ya habíamos decidido que nos gustaba tenerla cerca. Nos sorprendimos deseando ir a la escuela para ver con qué excentricidad nos impresionaba. Nos daba algo de lo que hablar. Nos entretenía.

Al mismo tiempo, guardábamos las distancias. Porque era diferente. *Diferente*. No la podíamos comparar con nadie, no existía referente para ella.

Era territorio desconocido. Poco seguro. Teníamos miedo de acercarnos demasiado.

Además, estábamos a la espera de un acontecimiento que cada día que pasaba se hacía más patente: el siguiente cumpleaños era el de Hillari Kimble.

6

El día anterior a su cumpleaños, Hillari se encargó de asegurar que el tan temido acontecimiento no tuviera lugar: en medio del almuerzo, se levantó de su mesa y se dirigió hacia la de Stargirl. Se quedó parada detrás de su silla durante medio minuto. Sólo se oía el trajín de la cocina, el resto del comedor estaba sumido en un silencio estremecedor. La única que seguía masticando era Stargirl. Hillari se puso a su lado.

—Soy Hillari Kimble —se presentó.

Stargirl miró hacia arriba. Sonrió.

—Ya lo sé.

—Mañana es mi cumpleaños.

—Ya lo sé.

Hillari hizo una pausa. Entrecerró los ojos. Señaló a Stargirl amenazante.

—No me cantes, te lo advierto.

Sólo los que estaban sentados cerca de esa mesa oyeron la frágil respuesta de Stargirl.

—No te cantaré.

Hillari sonrió satisfecha y se marchó.

Al día siguiente, desde que llegamos a la escuela, el ambiente estuvo erizado como los pinchos del cactus-raqueta. Cuando sonó el timbre del primer turno del comedor, salimos en avalancha. Nos apiñamos en la cola. Elegimos la comida a toda velocidad y nos precipitamos hacia nuestros sitios. Nunca nos habíamos movido tan rápido y tan eficientemente. Como mucho, susurrábamos. Nos sentamos, comimos. Hasta teníamos cuidado de no hacer ruido al comernos las papas fritas, no nos fuéramos a perder algo.

Hillari entró primero. Entró como un conquistador, desfilando a la cabeza de su grupo. En la cola, ponía con desprecio los alimentos sobre su bandeja. Fulminó al cajero con la mirada. Sus amigas buscaban a Stargirl entre la gente; Hillari miraba su sándwich con cara de fiera.

Cuando llegó Wayne Parr, se sentó varias mesas más allá, como si hasta él tuviera miedo de Hillari.

Por fin llegó Stargirl. Fue directo a la cola, como siempre, con una ligera sonrisa en los labios. Tanto ella como Hillari parecían ignorarse mutuamente.

Stargirl comió. Hillari comió. Nosotros miramos. Sólo el reloj se movía.

El encargado del comedor asomó la cabeza por una ventana y gritó:

—¡Bandejas!

—¡Cállate! —respondió un chico.

Stargirl terminó de comer. Como siempre, guardó los envoltorios en una bolsa de papel, se acercó a la basura de papel reciclado, al lado de la ventanilla para dejar las bandejas, y la tiró. Volvió a su sitio. Agarró el ukelele. Nos quedamos sin aliento. Hillari seguía mirando su sándwich.

Stargirl empezó a tocar y a tararear. Se puso de pie y empezó a revolotear entre las mesas. Trescientos pares de ojos la seguían. Cuando llegó a la altura de la mesa de Hillari Kimble pasó de largo hasta llegar a donde estábamos Kevin y yo con el equipo técnico de *La Silla en Llamas*. Se paró y empezó a cantar *Cumpleaños feliz*. Dijo el nombre de Hillari, sin embargo, fiel a sus palabras del día anterior, no se la cantó a ella. Me la cantó a mí. Se puso detrás de mí y me miró, sonriendo y cantando. Yo no sabía si mirarme las manos o mirarla a los ojos, así que hice un poco de cada. Me ardía la cara.

Cuando terminó, los estudiantes rompieron el silencio con un aplauso atronador. Hillari Kimble se marchó enfurecida. Kevin miró a Stargirl, me señaló y preguntó lo que todos estábamos pensando:

—¿Por qué él?

Stargirl inclinó la cabeza, como estudiándome. Sonrió con picardía. Me acarició el lóbulo de la oreja y dijo:

—Porque es lindo.

Y se fue.

Sentí mil cosas al mismo tiempo, y todas acababan en el lóbulo izquierdo de mi oreja. Eso, hasta que Kevin me tiró de esa misma oreja.

—Esto se pone interesante —dijo—. Es hora de ir a ver a Archie.

A. H. (Archibald Hapwook) Brubaker vivía en una casa llena de huesos. Había huesos de mandíbulas, de caderas, de fémures. Había huesos en todas las habitaciones, en todos los armarios, en el porche. Algunas personas tienen gatos de piedra en el tejado de sus casas; Archie Brubaker tenía el esqueleto de Monroe, su siamés muerto. Si te sientas en el retrete, te encuentras de frente con el cráneo sonriente de Doris, un creodonte prehistórico. Si abres el mueble de la cocina, donde antes estaba la mermelada, te topas con el cráneo fosilizado de un zorro extinguido.

No es que Archie fuera morboso: era paleontólogo. Los huesos los sacaba de excavaciones que había hecho en el Oeste de Estados Unidos. La mayoría eran hallazgos suyos, que había encontrado en su tiempo libre. Los restantes, los había buscado para museos, pero llegaron antes a su bolsillo o a su mochila. «Es mejor que estén en mi nevera, a que se pierdan en un cajón del sótano de un museo», solía decir.

Cuando no estaba excavando en busca de huesos antiguos, Archie Brubaker era profesor en diferentes universidades del Este de Estados Unidos. A los sesenta y cinco se retiró. A los sesenta y seis, su mujer, Ada Mae, murió. A los sesenta y siete, él y sus huesos se mudaron al Este, «para encontrarse con otros fósiles».[2]

Eligió esa casa por dos razones: la primera, la proximidad a la escuela (quería estar cerca de los chicos, él no tenía hijos). La segunda, el Sr. Saguaro, un cactus de diez metros de alto que asomaba por encima de la caseta de herramientas del patio trasero. Tenía dos brazos en lo alto del tronco, uno formando un ángulo recto; el otro ligeramente girado hacia el cielo, como diciendo «¡adiós!».[3] El brazo hacia el cielo era completamente verde a partir del hombro, el resto del cactus era marrón, estaba muerto. Gran parte de la piel del tronco era espesa y áspera; se había caído a los pies del cactus, y estaba arrebujada: al Sr. Saguaro se le habían caído los pantalones. Sólo sus costillas, de un dedo de espesor, lo sostenían. Los búhos anidaban en su pecho.

El viejo profesor a menudo hablaba con el Sr. Saguaro (y con nosotros). No podía ejercer como profesor en Arizona, pero eso no le paró los pies. Todos los sábados por la mañana, su casa se convertía en una escuela. De la escuela Elemental, de la Secundaria, de la Preparatoria..., todos eran bienvenidos. No había

---

[2] Alude a la fama que tiene el estado de Arizona por su extensa población de la tercera edad.

[3] En español en el original.

exámenes, ni notas, ni asistencia obligatoria. Era sin duda la mejor escuela a la que habíamos asistido. Hablaba de todo tipo de cosas, desde la pasta de dientes hasta la tenia, y de alguna forma hacía que todo casara. Nos llamaba Orden Leal de Huesos Fosilizados. Nos regaló unos collares hechos por él. El colgante era un pequeño hueso fosilizado atado con una tira de cuero. Hace años le dijo a su primera clase que lo llamaran Archie; nunca más tuvo que repetirlo.

Aquel día, después de cenar, nos acercamos a su casa. Aunque la clase era oficialmente los sábados por la mañana, siempre éramos bienvenidos.

—Mi escuela —comentó en una ocasión— está en todas partes y está siempre abierta.

Una vez más, lo encontramos en el porche trasero, balanceándose y leyendo. El porche, bañado en oro por la luz rojiza del atardecer, estaba orientado a las montañas Maricopas. El pelo blanco de Archie parecía tener luz propia.

En cuanto nos vio, dejó su libro de lado.

—¡Bienvenidos estudiantes!

—¡Archie! —contestamos nosotros antes de saludar al Sr. Saguaro como se esperaba de los invitados.

Nos sentamos en las mecedoras, tenía muchas en el porche.

—Así que... —dijo— ¿de placer o de negocios?

—De desconcierto —contesté—. Hay una chica nueva en la escuela.

—Stargirl —dijo riendo.

—¿La conoces? —dijo Kevin incrédulo.

—¿Que si la conozco? —preguntó riéndose.

Tomó su pipa y la cargó con tabaco dulce de cereza. Siempre lo hacía antes de empezar una gran clase o una conversación.

—Buena pregunta... —encendió la pipa—. Digamos que ha estado sentada en este porche unas cuantas veces —una bocanada de humo salió por el quicio de su boca, parecían señales de los apaches—. Me preguntaba cuándo vendrían a hablarme de ella —rió entre dientes—. Desconcierto... Buena forma de llamarlo. Ella es diferente, ¿verdad?

Kevin y yo explotamos en una carcajada y asentimos entre risas. En ese momento me di cuenta de cuánto necesitaba que Archie confirmara lo que yo ya venía intuyendo desde hace tiempo.

—¡Como si viniera de otro mundo! —exclamó Kevin.

Archie ladeó la cabeza como si hubiera oído piar a un pájaro extraño. La boquilla de la pipa disimuló una sonrisa irónica. Una fragancia dulce inundó el aire. Miró a Kevin fijamente.

—Al contrario. Es una de nosotros. Sin lugar a dudas. Es nosotros, mucho más que nosotros, somos nosotros. Ella es, creo, quien en realidad somos nosotros. O fuimos.

A veces, a Archie le daba por hablar así, en clave. Muchas veces no sabíamos a qué se refería, pero no nos importaba. Sólo queríamos escuchar más.

Antes de esconderse entre las montañas, el sol lanzó un último rayo sobre las cejas de Archie.

—Como saben, ha estudiado en su casa hasta ahora. Su madre me la trajo a mí. Supongo que quería descansar una temporada. Venía una vez a la semana. Cuatro, cinco... sí, creo que hace ya cinco años.

—¡Tú la has creado! —exclamó Kevin.

Archie sonrió. Dio una calada a la pipa.

—No, eso pasó mucho antes —contestó.

—Hay gente que dice que es una especie de alienígena enviada de Alfa Centauro o algo así —dijo Kevin. Se rió, aunque no muy convencido, en realidad Kevin también parecía creerlo.

La pipa de Archie se había apagado. La encendió.

—Es cualquier cosa menos eso. Es un ser terrenal. Si es que alguna vez ha existido alguno.

—¿Así que no está simplemente actuando? —preguntó Kevin.

—¿Actuando? No. Si hay alguien que está actuando, somos nosotros. Es tan real como... —miró a su alrededor; agarró el cráneo diminuto con forma de cuña de Barney, un roedor del paleoceno de hace sesenta millones de años y, sosteniéndolo, declaró—: Tan real como Barney.

Me sentí orgulloso de haber llegado a esta conclusión por mí mismo.

—Pero... ¿y su nombre? —preguntó Kevin, se inclinó hacia Archie—. ¿Es real?

—¿El nombre? —dijo Archie encogiéndose

de hombros—. Todos los nombres son reales, ésa es la naturaleza de los nombres. Cuando vino aquí por primera vez, se hacía llamar Pocket Mouse.[4] Poco después, Mudpie.[5] ¿Después qué...? ¡Ah sí! Hullygully,[6] creo. Ahora...

—Stargirl —me salió como un susurro, tenía la boca seca.

—Lo que le viene en gana en cada momento... quizá así debieran ser los nombres, ¿no? ¿Por qué uno sólo toda tu vida? —dijo Archie mirándome.

—¿Y qué me dices de sus padres? —preguntó Kevin.

—¿Qué quieres saber de ellos?

—Qué piensan.

—Supongo que les parece bien —dijo encogiéndose de hombros.

—¿A qué se dedican? —indagó Kevin.

—A respirar, a comer, a cortarse las uñas de los pies.

Kevin se rió.

—Tú me entiendes, ¿dónde trabajan?

—Hasta hace unos meses la Sra. Caraway era la profesora de Stargirl. Tengo entendido que también cose trajes para películas.

—¡De ahí las ropas estrafalarias! —exclamó Kevin dándome un codazo.

---

[4] Ratón de bolsillo

[5] Tortitas de barro

[6] Viene de una canción de rock and roll de los años sesenta, que originó un baile llamado Hullygully.

—Charles, su padre, trabaja... —hizo una pausa y sonrió— ¿dónde creen?

—¡En MicaTronics! —contestamos al unísono.

Yo lo dije dudándolo, imaginaba que trabajaría en algo más exótico.

—¿De dónde es? —preguntó Kevin.

Una pregunta normal en una ciudad tan joven como Mica, donde prácticamente todo el mundo era de otro sitio.

Archie arqueó las cejas.

—Buena pregunta —dio una gran calada a la pipa—. Parece ser que es de Minnesota, pero yo diría... —exhaló el humo de la pipa y su rostro desapareció envuelto en una nube gris. Una dulce bruma cubrió el atardecer: aroma a cerezas en las montañas Maricopas. Susurró—: *Rara avis.*[7]

—Archie —dijo Kevin—, lo que dices no tiene mucho sentido.

—¿Alguna vez dije algo con sentido? —preguntó riendo.

Kevin se levantó de un brinco.

—¡Quiero invitarla a *La Silla en Llamas,* pero el «Sr. Bobo Borlock» no quiere!

Archie me miró detenidamente a través del humo de su pipa. Creo que lo hizo con cara de

---

[7] Hemistiquio de un verso de Juvenal, que en estilo familiar suele aplicarse a persona o cosa singular.

aprobación, pero al hablar, vino a decir «arréglenselas entre ustedes».

Hablamos hasta el anochecer. Dijimos «¡adiós!»[8] al Sr. Saguaro. Cuando salíamos Archie nos dijo algo, más a mí, creo, que a Kevin:

—La conocerán mejor por las preguntas de ustedes que por sus respuestas. Obsérvenla detenidamente. Algún día verán en ella a alguien a quien conocen.

---

[8] En español en el original.

8

El cambio ocurrió cuando se acercaba el día de Acción de Gracias. Para el primero de diciembre, Stargirl Caraway se había convertido en la persona más popular de la escuela.

¿Qué había pasado? ¿Tendría algo que ver con que era porrista?

Su primer partido como porrista fue el último partido de fútbol americano de la temporada. Las gradas estaban repletas: estudiantes, padres, egresados. Nunca había ido tanta gente a un partido para ver a una porrista.

El equipo de las porristas hizo sus bailes habituales. Cuando el resto de las chicas descansaba, Stargirl seguía dando saltos y gritando. Recorrió de arriba abajo las zonas del campo que siempre habían sido ignoradas (las esquinas de las gradas, los espectadores de detrás de la puerta, el puesto de las bebidas) y todos tenían ahora su propia porrista.

Fue corriendo hasta la otra punta del campo para encontrarse con las porristas del otro equipo. Se quedaron atónitas y todos nos reímos. Hizo sus bailes delante de los jugadores del banquillo hasta que el entrenador la echó. En el descanso tocó el ukelele con la orquesta.

En la segunda mitad, empezó a hacer acrobacias: volteretas laterales y mortales. De pronto, se paró el juego y tres árbitros con camisa de rayas fueron hasta el final del campo. Stargirl había trepado por la puerta y, haciendo malabarismos, había caminado hasta la mitad del larguero y estaba haciendo el signo de *touchdown*. Le ordenaron que bajara. El público se había puesto de pie para aplaudirla y cientos de flashes se disparaban.

Cuando salimos del estadio nadie mencionó lo aburrido que había sido el partido. A nadie parecía importarle que Los Electrones hubieran perdido. Al día siguiente, el redactor de deportes del *Mica Times* se refirió a ella como «la mejor deportista del campo». Estábamos deseando que empezara la temporada del baloncesto.

¿Tendría algo que ver con la venganza de Hillari?

Varios días después de su cumpleaños, escuché un grito al fondo del pasillo.

—¡No lo hagas! —se formó un corrillo alrededor del hueco de la escalera. Estaban todos mirando algo. Me abrí camino. Hillari estaba en el centro, sonriendo con malicia. Sostenía a Cinnamon, la mascota de Stargirl, por la cola. Entre él y el primer piso, el vacío. Stargirl estaba en la planta baja, mirando hacia arriba.

Sonó el timbre de la siguiente clase y la escena se congeló. Nadie se movió. Stargirl no dijo nada, simplemente miraba. Cinnamon no dejaba de mover los ocho dedos de sus patitas delanteras. Los ojos negro azabache se le salían de las órbitas, no parpadeaba. De nuevo, una voz gritó:

—¡Hillari, no lo hagas!

Repentinamente, Hillari lo soltó. Se oyó un grito, pero Cinnamon había caído a los pies de Hillari. Le dedicó a Stargirl una última mirada asesina y se marchó.

¿Tendría algo que ver con Dori Dilson?

Dori Dilson era una chica morena de noveno grado que escribía poemas en un cuaderno casi tan grande como ella. Hasta el día que se sentó con Stargirl en el comedor, nadie sabía su nombre. Al día siguiente, la mesa estaba llena. Stargirl nunca volvió a comer, recorrer los pasillos o hacer absolutamente nada sola.

¿Tendría algo que ver con nosotros?

¿Habíamos cambiado? ¿Por qué Hillari no dejó morir a Cinnamon? ¿Hubo algo en nuestra mirada?

Fuera cual fuese la razón, cuando volvimos de las vacaciones de Acción de Gracias, era evidente que el cambio se había producido. Stargirl ya no era peligrosa y nos apresurábamos a abrazarla. Se oían gritos de gente llamándola por los pasillos. No dejábamos de repetir su nombre. Nos divertía repetirlo delante de desconocidos y ver las caras que ponían.

A los chicos les gustaba, a las chicas también. Lo más llamativo era que todo tipo de gente estaba interesada en ella, desde los tímidos y los extrovertidos hasta los deportistas y los más empollones.

La honrábamos imitándola. Ahora había multitud de ukeleles sonando en el comedor. Los pupitres de las clases se llenaron de flores. Un día llovió y una docena de chicas salió a bailar bajo la lluvia. La tienda de animales del centro comercial de Mica se quedó sin ratones.

En diciembre se nos brindó la oportunidad perfecta para demostrar cuánto la admirábamos. Estábamos todos en el auditorio con motivo del concurso anual de oratoria. Patrocinado por la Liga de Mujeres con Derecho a Voto de Arizona, al concurso podía presentarse cualquier estudiante que quisiera demostrar sus dotes como orador público. El orador tenía siete minutos y podía hablar sobre lo que quisiera. El ganador competiría después en el concurso regional.

Normalmente, sólo cuatro o cinco estudiantes de la EPM participaban, pero ese año, había trece y Stargirl estaba entre ellos. No hacía falta ser miembro del jurado para darse cuenta de que era la mejor y con diferencia. Su discurso (o espectáculo, más bien) fue muy animado; se titulaba «Búho, llámame por mi nombre». Su vestido de pionera era de un marrón grisáceo, como el búho del título del discurso. Desde el público, no alcanzaba a ver sus pecas, pero las imaginaba revoloteando por su nariz cuando movía la cabeza de un lado a otro. Al terminar, el público se deshizo en aplausos y vítores.

Mientras el jurado decidía quién se llevaba el premio nos pusieron un documental de los finalistas de Arizona del año anterior. Aparecía el chico de Yuma que había quedado ganador. Los momentos más fascinantes del reportaje no sucedieron durante la competición, sino después de la misma, cuando el chico volvió a su escuela de Yuma. Lo asediaron en el estacionamiento: pancartas, porristas, orquesta, confeti, serpentinas. Con los brazos en alto, la masa enfervorizada llevaba al héroe a hombros hasta la escuela.

Se terminó el documental, encendieron las luces y los jueces proclamaron a Stargirl ganadora. Dijeron que ahora participaría en la competición regional que tenía lugar en Red Rock. Las finales estatales se celebrarían en Phoenix en el mes de abril. Silbamos, gritamos, vitoreamos.

Así fue como la glorificamos en esas últimas semanas del año. Y al hacerlo, también nos glorificamos a nosotros.

En el desierto de Sonora hay estanques. Podríamos estar en medio de uno y no saberlo, porque normalmente están secos. Tampoco nos daríamos cuenta de que a unos centímetros de nuestros pies hay ranas durmiendo a las que les late el corazón una o dos veces por minuto. Estas ranas de fango están en letargo, esperando, ya que sin agua no pueden vivir, no serían ellas. Durante meses, duermen así, bajo la tierra. Y cuando llega la lluvia, cien pares de ojos salen del fango y, en la noche, cientos de voces se llaman croando las unas a las otras desde el agua iluminada por la luna.

Fue maravilloso ser testigo y estar entre las ranas de fango despertándose a nuestro alrededor. De pronto, los pequeños detalles cobraron importancia. La compenetración, las palabras y los pequeños gestos que creíamos extinguidos, revivieron. Durante años, los desconocidos entre nosotros habían pasado hoscamente por los pasillos: ahora mirábamos, asentíamos, sonreíamos. Si alguien sacaba un sobresaliente, el resto lo celebrábamos. Si alguien se torcía un tobillo, el resto sentía el dolor. Descubrimos el color de los ojos del prójimo. Ella estaba guiando una verdadera rebelión, pero a favor, no en contra. A favor de nosotros. A favor de las ranas aletargadas durante tanto tiempo.

Las voces de los chicos que nunca hablaban en clase se comenzaron a oír. En diciembre, las «Cartas al Director» del periódico de la escuela llenaron una página entera. Cientos de estudiantes hicieron las pruebas para participar en la *Revista de Primavera*. Un chico fundó un club de fotografía. Otro llevaba zuecos en lugar de zapatillas. Una chica feúcha y tímida se pintó las uñas de los pies de verde fosforito. Un chico apareció un día con el pelo morado.

Este fenómeno no fue reconocido como tal. Nunca se anunció en público ni por la televisión, y en ningún titular del *Mica Times* se leía:

«REBELIÓN EN LA EPM:
ESTALLA LA INDIVIDUALIDAD».

Pero estaba sucediendo, era patente. Miraba a través del objetivo, encuadraba el plano y ahí estaba. Lo sentía en mí, era libre, más ligero, como si me hubiese quitado un peso muy grande de encima. Sin embargo, no sabía qué hacer con esa nueva sensación; no era capaz de encaminar mi liberación hacia una dirección determinada. No sentía ninguna necesidad de teñirme el pelo, o usar otro tipo de zapatillas. Simplemente disfrutaba de la sensación y observaba cómo la masa informe de los estudiantes del EPM se separaba en cientos de individuos. El pronombre «nosotros» comenzó a resquebrajarse y deshacerse en pedazos.

Irónicamente, a medida que nos descubríamos y nos distinguíamos del resto, surgió un nuevo ánimo colectivo. Una vitalidad, la presencia de un espíritu que no estaba ahí antes y que hacía eco al rebotar contra las vigas del gimnasio: ¡VAMOS, ELECTRONES! Cuando fuimos a ver a Archie en vacaciones, las palabras relativas al alma parecían tener alas.

Un día, me sinceré con él.

—¡Es un milagro! —le dije a Archie.

Él estaba de pie, al borde del porche trasero. No se dio la vuelta. Lentamente, se quitó la pipa de los labios.

—Es mejor que no lo sea... —parecía hablarle al Sr. Saguaro o a las montañas iluminadas aún por el sol—; el problema de los milagros es que no duran mucho.

Y el problema de los tiempos difíciles es que no te dejan dormir.

Esas semanas de diciembre y enero fueron de ensueño. ¿Cómo podía imaginarme que cuando todo terminara yo estaría en pleno meollo?

10

Dejé de oponerme a que Stargirl participara en *La Silla en Llamas*.

—Vale —le dije a Kevin—, vamos a ficharla.

Kevin empezó a maquinar cómo se iba a desarrollar el programa. Lo paré y le dije:

—Espera. Antes pregúntale.

—¡Ja! ¡Como si fuera a decir no! —se rió.

Nadie se había negado a ir a *La Silla en Llamas*. El miedo a responder preguntas personales o embarazosas era pronto reemplazado por el glamour de aparecer en televisión. Pero si alguien era capaz de resistirse a ese glamour, ésa sería Stargirl. Al salir de la escuela aquel día, Kevin se acercó a mí gritando.

—¡¡Prueba superada, ha dicho que sí!!

Al principio me sorprendió, no encajaba con la imagen que tenía de ella. En ese momento, no me di cuenta de que no era más que un anticipo de lo que vendría después: detrás de esa individualidad y brillante talento, era mucho más normal de lo que yo creía.

Pero después yo también me entusiasmé y gritamos y chocamos los cinco... Ya estábamos viendo el programa más famoso de la historia.

Esto fue a mediados de enero. Fijamos la entrevista para el trece de febrero, la víspera de San Valentín, queríamos tener un mes para prepararlo todo. Pasé de resistirme a entregarme de lleno. Planificamos la campaña de promoción. Liamos a estudiantes de arte para diseñar los carteles. Redactamos una lista de preguntas por si el jurado se quedaba en blanco (aunque sabíamos que no pasaría). No tuvimos que buscar jurado, se presentaron docenas de voluntarios.

Y entonces, todo volvió a cambiar.

* * *

En el patio de la escuela había un contrachapado con forma de correcaminos. Era el tablón de anuncios, exclusivamente para estudiantes, lleno de mensajes y papeles pegados con celo o con chinchetas. Un día encontramos el siguiente texto mecanografiado pegado al correcaminos: «Juro fidelidad a las Tortugas Unidas de Estados Unidos y a los murciélagos frugívoros de Borneo, un planeta en la Vía Láctea, increíble, con justicia y burritos de frijoles para todos».

Al final, escrito a mano, ponía: «Así es como recita ella el Saludo a la Bandera».

No hacía falta que nadie dijera quién era «ella». Parece ser que la habían escuchado recitarlo una mañana.

Que yo supiera, no estábamos en una escuela especialmente patriótica. No oí que nadie se ofendiera, a algunos hasta les pareció gracioso. Otros, entre risitas, se miraban con complicidad como diciendo «ya está otra vez». Desde entonces, más de uno recitó el *nuevo* Saludo a la Bandera como ella.

En cuestión de días, una nueva noticia se extendió como un reguero de pólvora. Una chica de duodécimo grado, Anna Grisdale, perdió a su abuelo tras una larga enfermedad. El entierro se celebró un sábado por la mañana. Al principio todo fue según lo establecido: multitud de gente en la iglesia, la fila de autos con los faros encendidos, un grupo más reducido alrededor de la tumba para el último adiós... Cuando terminaron de leer las últimas oraciones, el de la funeraria repartió una flor de tallo largo a los presentes. Al salir, iban dejando la flor sobre el ataúd. En ese momento Anna Grisdale se dio cuenta de que estaba Stargirl.

Entre lágrimas pudo ver cómo Stargirl también lloraba. Se preguntó si también habría ido al funeral, es más, se preguntó qué demonios hacía ahí, ¿quizá Stargirl conocía a su abuelo y ella no lo sabía? Más tarde, su madre le preguntó quién era aquella chica desconocida.

Después del entierro, los asistentes más íntimos estaban invitados a comer a casa de Anna. Fueron unos quince. Dieron un bufé frío con canapés y ensaladas. Ahí estaba Stargirl charlando con los miembros de la familia, aunque sin comer ni beber nada.

De pronto Anna oyó la voz de su madre. No hablaba más alto que el resto, pero era diferente:

—¿Qué estás haciendo aquí?

Se hizo un silencio repentino. Todo el mundo miraba.

Estaban delante del ventanal del salón. Anna no había visto nunca a su madre tan enfadada. La Sra. Grisdale había querido mucho a su padre, incluso había construido una casita al lado de la suya para estar cerca de él.

Miró a Stargirl:

—¡Responde!

Stargirl no respondió.

—Ni siquiera lo conocías, ¿o sí?

Seguía sin decir nada.

—¿O sí?

Abrió la puerta de golpe y la señaló, como desterrándola al desierto.

—Fuera de mi casa.

Stargirl se fue.

Danny Pike tenía nueve años. Le encantaba montar en la bicicleta que le habían regalado por su cumpleaños. Pero un día, después de la escuela perdió el control y se estampó contra un buzón. Se rompió una pierna, pero eso no fue lo peor: se le formó un coágulo de sangre. Lo llevaron en avión hasta el Hospital Infantil de Phoenix, donde lo operaron. Al principio se pensó que era grave, pero en una semana ya estaba en casa.

El periódico local de Mica informó de todo esto, incluso de la bienvenida que se le hizo cuando volvió a su casa de Piñon Lane. En una foto en primera página se veía a Danny a hombros de su padre rodeado de un montón de vecinos. En primer plano había una bicicleta nueva y un cartel enorme que decía:

«¡¡BIENVENIDO A CASA!!»

Unos días más tarde la foto estaba colgada del correcaminos del patio. Se formó un corro de gente que miraba algo en lo que no nos habíamos fijado antes: una de las diminutas cabezas que aparecían en la foto estaba rodeada por un círculo rojo. Era el rostro de una chica con una sonrisa radiante, como si Danny Pike fuera su hermano pequeño que había resucitado. Era Stargirl.

Y después lo de la bici.

Cada miembro de la familia Pike (padres, abuelos, etcétera) había pensado que otro le había regalado la bici a Danny. Pasaron varios días hasta que descubrieron, para su asombro, que no había sido ninguno de ellos.

Así que ¿de dónde había salido la bici? Los estudiantes que habían oído la historia y habían visto la foto tenían una ligera idea. Parece ser que los Pike, no. La bici fue motivo de varias peleas familiares. El Sr. Pike estaba furioso porque nadie admitiera que le había comprado la bici (y probablemente, porque no había sido él). La Sra. Pike estaba furiosa porque de ninguna manera, o por lo menos hasta que pasara un año, dejaría a Danny que se subiera sobre dos ruedas de nuevo.

Una noche, la bici nueva y todavía sin estrenar acabó en la acera de enfrente de casa de los Pike, junto a los cubos de la basura. Cuando pasó el camión de la basura al día siguiente se llevó la bici. A Danny le regalaron una pistola de perdigones.

El Saludo a la Bandera, el entierro de Grisdale y el asunto de la bici de Pike no pasaron inadvertidos, pero tampoco tuvieron un impacto directo en la popularidad de Stargirl en la escuela. No sucedió lo mismo con la animación de los partidos y la temporada de baloncesto.

Cuando los partidos se jugaban en casa, Stargirl se acercaba al banquillo de los visitantes y los animaba. Solía empezar botando el balón exageradamente y cantando:

¡Escapa, escapa!
¡Plim, plan, plum y que se vea!
¡No mordemos!
¡No comemos!
¡Sólo sé que no sabemos
el equipo que tenemos!
(haciendo la ola)
¡Somos Los Electrones!
Y ustedes...
(señalándolos)
¿quiénes son?

A veces un par de porristas, o algún que otro fan del equipo contrario contestaban: «¡Somos Los Gatos Salvajes!» o «¡Somos Los Pumas!» o lo que fuera. Pero casi todos se quedaban boquiabiertos preguntándose «¿ésta quién es?». A algunas de las compañeras de Stargirl les parecía divertido, otras se morían de vergüenza ajena.

Hasta ahí, de lo único que se le podía acusar a Stargirl era de cursi, pero la cosa iba más lejos. Animaba siempre que se marcaba algún punto, independientemente de quién lo hiciera. Era un poco raro: el equipo contrario metía una canasta y mientras los de la EPM se sentaban desanimados, Stargirl se ponía a dar brincos de alegría.

Al principio, las otras porristas intentaban detenerla, pero era como intentar tranquilizar a un cachorrito. Nunca se hubieran imaginado, el día que le entregaron la falda de tablas, que ocurriría esto. No se limitaba a los partidos de baloncesto. Animaba a cualquiera, por cualquier cosa, en cualquier momento. Animaba los grandes acontecimientos (a quienes sacaban sobresalientes o ganaban algo), pero sobre todo, le daba importancia a las pequeñas cosas.

Nunca sabíamos cuándo iba a pasar. Digamos que uno es un don nadie de noveno grado llamado Eddie. Eddie va andando por un pasillo y se encuentra un papel en el suelo y lo tira a la papelera más cercana: de pronto ahí está Stargirl, levantando los brazos, con el pelo y las pecas danzando, comiéndoselo con esos enormes ojos, cantando a grito pelado una canción que se acaba de inventar con su nombre, «Eddie y la papelera unidos para acabar con la basura». Un montón de gente se acerca y empieza a tocar palmas siguiendo el ritmo, más ojos mirando a Eddie que todos los que lo han mirado en su vida juntos. Se siente estúpido, desprotegido, imbécil. Quiere meterse en la papelera con el papel. Es lo más horrible que le ha pasado nunca. No puede dejar de pensar: «Me muero... me muero...».

Y entonces, cuando por fin termina Stargirl y las pecas vuelven de nuevo a su nariz... ¿por qué?, ¿por qué no se muere?

Porque están dando palmas por él, por eso. Y ¿dónde se ha visto que uno se muera cuando le están aplaudiendo y sonriendo? Gente que ni siquiera lo había visto antes le está sonriendo y dando palmadas en la espalda y le está dando la mano, y de pronto, parece que el mundo entero sabe quién es y se siente tan bien que prácticamente se puede ir flotando a casa. Y cuando Eddie se va a la cama esa noche, lo último que ve antes de quedarse dormido como un tronco son esos inmensos ojos, y en su cara se dibuja una sonrisa.

También animaba, por ejemplo, a alguien que se presentara en la escuela con unos pendientes poco comunes, o que sacara un sobresaliente en un examen, o que se rompiera un brazo, o que ya no llevara aparato en los dientes. O quizá ni siquiera animaba a una persona, quizá celebraba un dibujo al carboncillo hecho por un artista, o la presencia de un insecto bonito en el estacionamiento.

Nos mirábamos reconociendo lo rara que era, casi oficialmente loca, pero íbamos sonriendo y aunque sin decir nada, pensando lo mismo: ¡cuánto nos gustaba que reconocieran quiénes éramos!

Si esto hubiera pasado cualquier otro año, todo habría seguido así durante mucho tiempo. Pero éste era el año en el que algo increíble estaba pasando en la cancha de baloncesto. Este año, nuestro equipo estaba ganando. ¡Ganando!

Y eso lo cambiaba todo.

Al principio de la temporada nadie se dio cuenta. Sin contar el equipo femenino de tenis, nunca habíamos tenido un equipo bueno en nada. Normalmente esperábamos perder. Nos sentíamos cómodos perdiendo. De hecho, nos era absolutamente indiferente, ni siquiera íbamos a los partidos.

El año anterior, Los Electrones sólo habían ganado cinco de veintiséis partidos. Este año, ya habían ganado seis antes de Navidad. A principios de enero iban por el décimo, y la gente se empezó a dar cuenta de que reinaba un cero en la columna de partidos perdidos.

«¡SIEMPRE VICTORIOSOS!», decía en un cartel en el correcaminos del patio. Algunos decían que ganábamos por casualidad, otros decían que el resto de los equipos eran todavía peores que el nuestro. Algunos pensaban que el cartel era una broma. Una cosa era segura: la gente iba a ver los partidos. A principios de febrero seguíamos en racha, llevábamos dieciséis partidos ganados y el gimnasio estaba a rebosar.

Pero algo todavía más curioso sucedió: de pronto, ya no nos sentíamos cómodos perdiendo; de hecho, dejamos de saber perder. El cambio fue sorprendentemente rápido. No hubo período de adaptación ni curva de aprendizaje; no hizo falta que nadie nos enseñara a ganar. De la noche a la mañana, pasamos de ser perdedores satisfechos, indiferentes y aburridos, a ser verdaderos fanáticos gritando en las gradas con la cara pintada de verde y blanco y haciendo la ola como si hubiéramos ensayado durante años.

Nos enamoramos de nuestro equipo. Cuando nos referíamos a él, utilizábamos la palabra «nosotros» en lugar de «ellos». Brent Ardsley, el mejor del equipo, caminaba por la escuela con una especie de halo dorado a su alrededor. Cuanto más nos gustaba nuestro equipo, más odiábamos al adversario. Incluso llegamos a envidiarlos. Antes, llegábamos a aplaudir al adversario sólo para hacer rabiar a nuestro propio equipo.

Ahora detestábamos a los contrincantes y a todo lo que tuviera algo que ver con ellos: sus uniformes, sus entrenadores, sus fans. Los odiábamos por intentar arruinar nuestra temporada perfecta. Nos molestaba cada canasta que metían. ¡Cómo podían atreverse a celebrarlo!

Empezamos a abuchear, era la primera vez que lo hacíamos, pero parecíamos verdaderos profesionales. Abucheábamos al equipo contrario, al entrenador, a sus fans, al árbitro... A todo aquel que amenazara nuestra temporada perfecta lo abucheábamos.

Incluso abucheábamos al marcador. Odiábamos los partidos que se alargaban, detestábamos el suspenso. Adorábamos los partidos que duraban cinco minutos. Más que victorias, queríamos masacres. El único resultado con el que nos habríamos conformado habría sido cien a cero.

En plena euforia de nuestra temporada perfecta, estaba Stargirl animando a todo el mundo cada vez que se metía una canasta, marcara quien marcara. Uno de esos días de enero, empezaron a gritar desde las gradas: «¡Que te sientes de una vez!». Después vinieron los abucheos. Ella parecía no darse cuenta.

Parecía no darse cuenta de nada.

De todas las particularidades de Stargirl, ésta me parecía la más llamativa. Las cosas malas no le afectaban. Me corrijo: *sus* cosas malas no le afectaban. *Nuestras* cosas malas le afectaban, y mucho. Si nos hacían daño o si éramos infelices o la vida nos trataba mal, parecía darse cuenta al mismo tiempo que nosotros. Sin embargo, ignoraba las cosas malas que le sucedían a ella (insultos, miradas desagradables, ampollas en los pies). Nunca la vi mirarse en un espejo; nunca la oí quejarse. Todos sus sentimientos y sus atenciones se dirigían a los demás. No tenía ego.

El decimonoveno partido de la temporada de baloncesto se jugaba en Red Rock. En los partidos que habíamos jugado fuera de casa en años anteriores, solía haber más porristas que fans de Los Electrones. Ya no. La noche del partido, había una caravana de cuatro kilómetros atravesando el desierto. Una vez sentados, apenas quedaba sitio para los espectadores del equipo contrario.

Fue una victoria aplastante, la mejor del año con diferencia. Red Rock no tenía nada que hacer. Al empezar el último cuarto, estábamos en cabeza, 29 a 78. El entrenador sacó a los suplentes. Abucheamos. Queríamos llegar a los cien puntos. Queríamos sangre. El entrenador volvió a sacar a los jugadores titulares. Mientras gritábamos y vitoreábamos desde las gradas, Stargirl se levantó y se fue del gimnasio. Los que nos dimos cuenta, pensamos que iba al baño. No dejé de mirar hacia la salida. Pero no volvió. Cuando quedaban cinco segundos para que acabara el partido, Los Electrones marcaron cien puntos. Nos pusimos como locos.

Stargirl había estado fuera todo el rato, charlando con el conductor del autobús. Las otras porristas le preguntaron por qué se había ido. Dijo que sentía pena por los jugadores del Red Rock, le parecía que animando sólo empeoraba las cosas, que esos partidos no tenían nada de divertido. Ellas le contestaron que su trabajo no era divertirse, sino animar a la escuela de Mica bajo cualquier circunstancia. Ella se limitó a mirarlas.

El equipo y las porristas viajaban en el mismo autobús. Cuando los jugadores salieron del vestuario, las porristas les contaron lo que había sucedido. Planearon una jugada. Le contaron a Stargirl que alguien se había olvidado algo en el gimnasio y que si por favor iba por ello. Cuando fue a buscarlo, le dijeron al conductor que ya estaban todos y emprendieron el viaje de vuelta sin ella. El trayecto duraba dos horas.

Un vigilante de Red Rock la llevó a casa. Al día siguiente, en la escuela, las porristas le dijeron que había sido todo un malentendido y se disculparon. Stargirl les creyó.

El siguiente día era trece de febrero: *La Silla en Llamas*.

Así se sucedieron los acontecimientos en *La Silla en Llamas:*

Grabamos en el estudio del centro de comunicaciones. El escenario tenía dos sillas: la mismísima Silla en Llamas de infausta memoria (roja, con llamas subiendo por las patas) y una silla normal para el presentador, Kevin. A un lado había dos filas de seis sillas cada una; la segunda estaba más alta que la primera: ahí se sentaba el jurado.

Lo llamábamos jurado, pero ni votaban ni emitían veredicto. Su función era hacer preguntas que le dieran un toque picante a *La Silla en Llamas:* preguntas peliagudas, embarazosas, entrometidas... pero bajo ningún concepto hirientes. La idea era llevar al invitado al límite, pero sin que se convirtiera en una broma pesada.

Parodiando un interrogatorio, llamábamos al invitado «la víctima». ¿Y por qué iba alguien a querer ser la víctima? Por el glamour de aparecer en televisión; por la oportunidad de confesar (o mentir) delante de una cámara ante tus compañeros y no ante tus propios padres. Pero dudé que Stargirl atendiera a este tipo de razonamientos.

Había tres cámaras: una para el escenario, otra para el jurado y la de Chico. Chico era la cámara a mano para los primeros planos. Según nuestro supervisor, el Sr. Robineau, hace años, un estudiante que se llamaba Chico le pidió ser el encargado de la cámara. El Sr. Robineau le hizo una prueba, pero Chico era tan delgado que prácticamente se venía abajo por el peso de la cámara. Le dieron el trabajo a otro y Chico se dio a las pesas. Al año siguiente, Chico tenía músculos y podía con la cámara. Así que consiguió el trabajo y se le daba maravillosamente bien. Bautizó a la cámara con su nombre. «Somos uno», dijo. Chico terminó la escuela, pero su nombre se quedó para siempre: la cámara de los primeros planos y su operador eran una unidad llamada Chico.

Tanto el presentador como la víctima llevaban micrófonos de corbata, los del jurado se turnaban un micro de mano. Enfrente del escenario estaba el panel de cristal de la sala de realización, insonorizada del resto del estudio. Ahí trabajaba yo, con los auriculares, vigilando los monitores y dirigiendo los planos. Me quedaba de pie detrás del Director Técnico o DT, que se sentaba delante del control de mandos para introducir los planos que yo le indicaba. Los de gráficos y sonido también estaban en la sala de realización. El Sr. Robineau supervisaba, pero los estudiantes lo hacíamos prácticamente todo.

La función de Kevin era entrar en materia: presentar a la víctima, hacer las preguntas preliminares, crear polémica si el jurado no estaba demasiado animado. Normalmente el jurado daba en el clavo, las preguntas típicas eran: «¿Te molesta ser tan bajito?», «¿es cierto que te gusta Pepito?», «¿te gustaría ser guapo?», «¿cada cuánto tiempo te duchas?».

En conjunto casi siempre resultaban entretenidas. Después de media hora, mientras pasábamos los créditos y la música, solía haber buen ambiente y todo el mundo (la víctima, los miembros del jurado y el equipo técnico) se mezclaba y nos convertíamos en compañeros de nuevo.

Grabábamos después de las clases y emitíamos el programa esa misma noche, a la hora de máxima audiencia en la cadena local. Se veía en unos cien hogares. Según nuestras propias encuestas, por lo menos el cincuenta por ciento de los estudiantes veía este tipo de programas. Nuestra audiencia superaba a la de la mayoría de las series de moda. Con Stargirl pretendíamos llegar al noventa por ciento de audiencia.

Aunque yo deseaba, en secreto, que nadie viera el programa.

Desde que fichamos a Stargirl, hace un mes, su fama había caído considerablemente. Ya no había ukeleles en el comedor. Cada vez más, se calificaba su conducta en la cancha como hiriente hacia el equipo y su perfecta temporada. Temía que los abucheos pasaran del gimnasio al estudio de grabación. Temía que las cosas se pusieran feas.

Aquel día, cuando Stargirl llegó al estudio nada más salir de clase, Kevin le indicó las instrucciones mientras el Sr. Robineau y yo comprobábamos el equipo. Según iban llegando los miembros del jurado, en lugar de hacer el payaso o ponerse a bailar claqué en el escenario como solía ocurrir, se fueron directos a sus asientos. Era Stargirl la que taconeaba en el escenario y ponía caras a las cámaras con Cinnamon olisqueándole la nariz. Kevin se moría de la risa, sin embargo, los rostros del jurado eran severos. Uno de ellos era Hillari Kimble. Mi presentimiento se acentuó.

Me refugié en la sala de realización y cerré la puerta. Comprobé que las cámaras funcionaran bien. Estaba todo listo. Kevin y Stargirl se sentaron. Miré por última vez por el cristal que separaba los dos espacios. Durante los próximos treinta minutos vería todo a través de cuatro monitores.

—Todo el mundo preparado —anuncié—. Empezamos —apagué el micrófono del estudio. Miré a mis compañeros del estudio—. ¿Preparados?

Asintieron.

Justo en ese momento, Stargirl levantó una de las patitas delanteras de Cinnamon y dijo con voz de ratoncita:

—Hola Leo.

Me quedé helado. Sin palabras. Ni me imaginaba que supiera mi nombre. Me quedé ahí con cara de bobo. Al final saludé al ratón con la mano y a pesar de que al otro lado del cristal no podían oírme, balbuceé:

—Hola Cinnamon.

Respiré profundo.

—¡Vale, música preparada, vamos a grabar! —hice una pausa—. ¡Música!

Eso era lo que más me gustaba, empezar el programa. Yo era el director, el maestro, yo indicaba los planos. En los monitores veía cómo se desarrollaba el programa según mis órdenes. Sin embargo, aquel día no sentía esa emoción. Sólo sentía que un oscuro y confuso pánico recorría los cables.

—¡Buenas tardes y bienvenidos a *La Silla en Llamas*!

Kevin empezó con el rollo que soltaba al principio. Le encantaba estar delante de la cámara. Era la persona ideal para un programa como éste, en el que siempre venían bien su sonrisa burlona y sus arqueos de ceja queriendo decir «¿he oído bien?».

Se giró hacia Stargirl e inesperadamente se inclinó hacia Cinnamon que descansaba sobre el hombro de Stargirl para acariciarle la nariz.

—¿Lo quieres agarrar? —preguntó ella.

Kevin miró a la cámara con gesto de «¿debería?».

—Claro —dijo finalmente.

—Preparado, Chico, al ratón —dije por mi auricular.

«Preparado» era lo primero que decía siempre antes de una secuencia de instrucciones. Chico hizo un zoom.

—Chico —dije.

El DT insertó las imágenes de Chico. La cámara siguió los movimientos de Cinnamon desde las manos de Stargirl hasta las de Kevin. Nada más llegar al regazo de Kevin trepó por su pecho y se metió debajo de su camisa, por el hueco entre dos botones.

—¡Cómo araña! —dijo Kevin retorciéndose y gritando.

—Tiene uñas —contestó Stargirl apaciblemente—, no te hará daño.

Cinnamon asomó la cabecita entre los dos botones y Chico consiguió un primer plano. El Sr. Robineau me miró con cara de aprobación.

Kevin le dedicó a la cámara su cara de «soy el mejor». Se giró hacia Stargirl de nuevo.

—¿Sabes que desde el primer día que apareciste en la escuela quisimos tenerte como invitada en *La Silla en Llamas*?

Stargirl lo miró fijamente. Se giró hacia la cámara que estaba grabando. Cada vez abría más los ojos...

Algo estaba ocurriendo.

... sus ojos cada vez eran más grandes...

—Chico —grité.

Chico, agachándose, encuadró sus ojos con un plano contrapicado. ¡Magnífico!

—Más cerca, más cerca —dije yo.

Los ojos inmensos de Stargirl llenaban la pantalla. Miré por otro monitor. Estaba rígida, como si se hubiera quedado pegada a la silla.

Alguien me dio una palmada en la espalda. Me giré. Era el Sr. Robineau que se estaba riendo. Me quité un auricular.

—Lo está haciendo en broma —me dijo.

Y de pronto lo vi. Se estaba tomando *La Silla en Llamas* literalmente. Le estaba sacando el máximo partido y, a juzgar por las caras de Kevin y el jurado, el Sr. Robineau y yo éramos los únicos que entendíamos la broma.

Stargirl estaba ahora levantando las manos...

—Preparada Cámara Uno —dije—. ¡Uno!

El Cámara Uno, que tardó en llegar pero llegó, grabó un plano general; consiguió encuadrar sus manos, el movimiento de los dedos separándose, casi se podía ver el humo que salía de sus huellas dactilares...

—¡Mantenlo! —le rogué—, ¡mantenlo!

... al deslizar la mirada por el lateral de la silla con esos ojos aterrorizados y llegar a las llamas pintadas en las patas...

¡¡¡AAAAGGGGHHHH!!!!

Los ecualizadores se agitaron como palmeras en medio de un huracán. Cinnamon saltó desde la camisa de Kevin. La imagen en el monitor tembló, el Cámara Uno había perdido el equilibrio, pero se recuperó y volvió a enfocar a Stargirl que estaba ahora en la parte delantera del escenario, agachándose y dejando el trasero en primer plano, sacudiéndose con la mano, como quitándose el humo.

Al final, Kevin lo entendió. Se moría de la risa.

—¡Cámara Uno, retrocede, incluye a Kevin en el plano! ¡Preparado... Uno!

Kevin, desternillándose de la risa, se había caído de la silla y estaba de rodillas en el escenario. Su risa inundaba la sala de realización. El ratón pasó por encima de sus manos para llegar al primer escalón del escenario...

—¡El ratón! —grité—. ¡Dos! ¡El ratón!

Pero el Cámara Dos no podía enfocar al ratón, porque éste se había acercado hasta sus pies para olisquearlos y Dos había salido corriendo.

—¡Chico, el ratón!

Chico se tiró de cabeza. Estaba tumbado en el suelo, proporcionando un plano brillante del ratón que se dirigía al jurado. Los miembros del jurado se levantaron, unos para salir despepitados y otros para subirse a las sillas.

Me salté el «¡preparados!»; no había tiempo, las cosas estaban pasando demasiado deprisa. Las cámaras bailaban por el escenario. Yo daba órdenes. El DT aporreaba el control de mandos como un teclista rockero.

La pantomima de Stargirl fue la mejor que he visto en mi vida. El Sr. Robineau no dejaba de apretarme el hombro. Como dijo más tarde, éste fue el mejor momento en la historia de *La Silla en Llamas*.

Sin embargo, debido a lo que aconteció después, la audiencia jamás lo sabría.

13

En menos de un minuto, todo volvió a la normalidad. Stargirl agarró a Cinnamon y se sentó tranquila en la Silla en Llamas como si nada hubiera pasado. Los ojos de Kevin centelleaban, seguía riéndose. Estaba ansioso por empezar con la entrevista, igual que los miembros del jurado, aunque sus ojos no centelleaban.

Kevin intentó ponerse serio.

—Stargirl, tu nombre es poco común.

Stargirl lo miró serena.

—¿No? —enfatizó Kevin. Se estaba poniendo nervioso.

—A mí no me lo parece —dijo encogiéndose de hombros.

«Le está tomando el pelo», pensé.

—¡Chico! —dije por el micrófono—, ¡mantén ese primer plano!

Apenas se oyó la voz de alguien que no estaba en escena. Kevin se giró. Un miembro del jurado había dicho algo.

—¡Micrófono para el jurado! —dije—. ¡Preparado Dos!

Le pasaron el micrófono a Jennifer St. John.

—¡Dos!

Delante de la cara de Jennifer, el micrófono parecía una bola de helado calcinado. Tenía una voz poco agradable.

—¿Y qué le pasaba al nombre que te pusieron tus padres? —preguntó Jennifer.

Stargirl se giró lentamente hacia Jennifer. Sonrió.

—Nada. Me gustaba —contestó Stargirl.

—¿Cuál era?

—Susan.

—¿Por qué dejaste de usarlo?

—Porque ya no me sentía como Susan.

—Así que te deshiciste de Susan y empezaste a llamarte Stargirl.

—No —rebatió, todavía sonriendo.

—¿No?

—Pocket Mouse.

Doce pares de ojos se salieron de sus órbitas.

—¿Qué?

—Decidí llamarme Pocket Mouse —contó Stargirl jovial—, después Mudpie, luego Hullygully y más tarde, Stargirl.

Damon Ricci le arrebató el micrófono a Jennifer St. John y preguntó:

—¿Cuál va a ser el siguiente? ¿Dog Turd?[9]

---

[9] Excremento de perro

«Oh, oh —pensé—, ya empezamos».

—Así que te cambias el nombre cuando te cansas —intervino rápidamente Kevin.

—Cuando ya no me pega. Yo no soy mi nombre. Llevo el nombre como la ropa, me lo cambio como una camiseta, cuando se desgasta o se me queda pequeña.

—¿Y por qué Stargirl?

—Pues no lo sé —con la punta del dedo acarició la nariz de Cinnamon—. Una noche estaba paseando por el desierto mirando el cielo, y es que... —se rió— ¿cómo puedes no mirar el cielo? Y me vino a la cabeza... se me ocurrió.

Kevin levantó la mirada de la hoja de preguntas preparadas.

—¿Y qué les parece a tus padres? ¿Les molesta que no te sigas llamando Susan?

—No, podría decir que fue idea suya. De pequeña, cuando empecé a llamarme Pocket Mouse, ellos también lo hacían. Y nunca me volvieron a llamar Susan.

Se oyó otra voz desde el jurado.

Le di un toque al de sonido:

—Micrófonos del jurado. Mantén todos los micrófonos abiertos —detestaba tener que hacer esto.

Era Mike Ebersole el que hablaba.

—¿Quieres a tu país?

—Sí —dijo resuelta—. ¿Y tú al tuyo?

Ebersole ignoró la pregunta.

—¿Por qué no recitas bien el Saludo a la Bandera?

—A mí me suena bien —contestó sonriendo.

—A mí me suena a que eres una traidora.

Los miembros del jurado debían limitarse a formular preguntas y no debían emitir juicios.

Una mano apareció en pantalla arrebatándole el micrófono a Ebersole. La cara iracunda de Beca Rinaldi apareció en la Cámara Dos.

—¿Por qué animas a otros equipos?

Stargirl se pensó la respuesta.

—Supongo que porque soy una porrista.

—No eres cualquier porrista, imbécil, eres nuestra porrista. Una porrista de Mica —gruñó Beca Rinaldi al micrófono.

Miré al Sr. Robineau. Estaba de espaldas a los monitores. Miraba el escenario directamente a través de la ventana de la sala de realización.

Stargirl se inclinó hacia delante. Miró a Beca Rinaldi con sinceridad, su voz parecía la de una niña pequeña.

—Cuando el otro equipo marca un punto y ves lo contentos que se ponen sus fans, ¿no te alegras tú también?

—No —bufó Beca.

—¿No te entran ganas de unirte a ellos?

—No.

—¿No te gusta que el otro equipo también se alegre?

—No.

Stargirl parecía sinceramente sorprendida.

—No querrás ganar siempre, ¿o sí?

83

Beca frunció el ceño y gritó furiosa:

—¡Sí, sí quiero! Sin lugar a dudas. Siempre quiero ganar. Eso es lo que quiero: ganar. Animo para ganar. Eso es lo que hacemos todos —señaló a todos los presentes—. Animamos a Mica —luego la señaló a ella—. ¿Y tú a quién animas?

Stargirl dudó.

—¡Animo a todo el mundo! —contestó riendo.

Kevin, para salvar la situación (afortunadamente), se puso a aplaudir.

—¡Ey! ¿Qué opinan? Quizá debería ser oficial. Quizá debería existir una persona que se dedicara a eso: ¡a animar a todo el mundo!

Stargirl le dio una palmada a Kevin en la pierna.

—¡Tendría que llevar las letras de todas las escuelas en el suéter! —propuso.

—¡Tendría que ser del tamaño de una casa! —dijo Kevin riéndose.

—Bueno, pues mejor aún, entonces sin letras —dijo Stargirl dándose una palmada en la pierna.

—¡Fuera las letras! ¡La porrista pública! ¡La porrista de todos!

Kevin se irguió. Y con la mano en el corazón, dijo:

—Con libertad y justicia... ¡y una porrista para todos![10]

---

[10] Hace referencia al Saludo a la Bandera estadounidense

Ebersole gruñó al micrófono:

—¡Y una chiflada para todos!

Kevin negó con el dedo.

—Eso sí que no —le regañó—. Nada de juicios de los miembros del jurado. Sólo preguntas.

Renne Bozeman se hizo con el micrófono.

—Vale, pues aquí va una pregunta. ¿Por qué dejaste de estudiar en casa?

Stargirl se puso seria.

—Quería hacer amigos.

—Ya, pues curiosa forma de demostrarlo, haciendo que toda la escuela esté en contra de ti.

Deseé no haber cedido nunca a que Stargirl viniera a *La Silla en Llamas*.

Stargirl simplemente miró. Chico llenó la pantalla con su rostro.

—Trae... —era Jennifer St. John, agarrando el micrófono—. Incluso fuera de la escuela te metes en los asuntos de todo el mundo, husmeas en todo, estés o no estés invitada. ¿A santo de qué?

Stargirl se había quedado sin respuesta. Ya no tenía esa pícara expresión. Miró a Jennifer. Miró a la cámara como intentando encontrar una respuesta en el objetivo. Después retiró la mirada para dirigirla a la sala de realización. Miré a través de la ventana y por un segundo me pareció que nuestros ojos se encontraron.

Me preguntaba cuándo diría algo Hillari Kimble y justo lo hizo:

—Deja que te diga algo, niñata. Eres extraña. Estás loca —Hillari estaba de pie, señalando a Stargirl con el dedo, comiéndose el micrófono—. Debes de venir de Marte o algo así... —Kevin levantó la mano tímidamente—. ¡Y deja ya esa historia de los juicios, Kevin!... ¿De dónde sales?, ¿de Marte? ¡Mira, ahí tienes una pregunta! ¿Por qué no te vas por donde has venido? ¡Ahí va otra pregunta!

Los ojos de Stargirl inundaron la cámara. «No llores, por favor, no llores», pensé.

No había forma de hacer que Hillari se callara.

—¿No quieres animar a otras escuelas? Pues adelante, ¡vete a otra escuela! ¡No vengas a mi escuela! ¡Lárgate de mi escuela!

El micrófono fue de mano en mano.

—Yo sé lo que te pasa. ¡Todo lo que haces es para llamar la atención!

—¡Para encontrar novio!

El jurado se rió. La estaban atacando. Se peleaban por el micrófono. Kevin me miró sin saber qué hacer. Yo no podía hacer nada. Tenía los mandos de control a mi disposición, sin embargo, no podía hacer nada por cambiar el curso de los acontecimientos más allá del cristal.

—Yo te haré una pregunta muy sencilla: ¿Qué te pasa?, ¿eh?

—¿Por qué no puedes ser normal? —gritó otro.

Estaban todos de pie, atacando, gritando, insultando, con micrófono o sin él.

—¿Por qué quieres ser diferente?

—Eso, ¿hay algo que no te guste de nosotros? ¿Por qué tienes que ser diferente?

—¿Por qué no llevas maquillaje?

—No te gustamos, ¿verdad?

El Sr. Robineau sacó de la consola la cinta donde se había grabado el programa.

—Bueno, ya es suficiente —dijo.

Apagué el sistema de sonido.

—Ya está. Se acabó la función.

Los miembros del jurado siguieron dando gritos.

14

Éste fue el principio de una época que se desdibuja cuando intento recordarla. Los incidentes me vienen a la memoria como una cascada de acontecimientos que se confunden. Los hechos se convierten en sentimientos, los sentimientos en hechos. La cabeza y el corazón recuerdan historias diferentes.

Aquel programa de *La Silla en Llamas* nunca llegó a emitirse. El Sr. Robineau se deshizo de la cinta. Por supuesto, eso no evitó que se supiera punto por punto todo lo que había ocurrido. De hecho, la mayoría de los estudiantes estaba al tanto antes de llegar a la escuela al día siguiente.

Por lo que recuerdo, después de conocerse hasta el último detalle, vino un período de susurros y expectación. Se respiraba tensión. ¿Qué pasaría ahora? ¿Se contagiarían los estudiantes de la hostilidad manifiesta del jurado? ¿Cómo reaccionaría Stargirl? Esperábamos tener respuestas el Día de San Valentín. En las fiestas anteriores (Halloween, el Día de Acción de Gracias, en Navidad, el Día de la Marmota)[11] Stargirl había dejado un regalito en los pupitres de sus compañeros de clase. ¿Haría lo mismo en esta ocasión?

La respuesta era afirmativa. Cada uno de sus compañeros de clase se encontró un caramelo con forma de corazón sobre su pupitre aquella mañana.

Aquella noche se jugaba un partido de baloncesto; de eso sí me acuerdo. Era el más importante del año. Los Electrones habían pasado victoriosos y sin dificultades los primeros partidos, pero ahora estaban a punto de empezar los *play off*. Primero los del distrito, luego los regionales y después los estatales. Jamás habíamos llegado ni siquiera a los del distrito, sin embargo ese año ya nos estábamos viendo vencedores: Los Electrones ¡campeones de Arizona! No nos conformaríamos con menos.

El primer obstáculo en el camino era el Sun Valley, los campeones de la Liga Pima. Íbamos a jugar contra ellos en un campo neutral en Casa Grande, el Día de San Valentín. En Mica no quedó un alma, todo el mundo fue a ver el partido. Kevin y yo fuimos en la furgoneta.

---

[11] Fiesta que se celebra en Estados Unidos y Canadá el día dos de febrero. Según la tradición, la marmota despierta después de la hibernación y sale de su madriguera. Si ve el contorno de su sombra sobre la tierra, vuelve a la madriguera durante seis semanas más, ya que un día soleado indica que la primavera se retrasará, mientras que un día nublado significa que la primavera llegará a tiempo.

Desde el momento en el que entró la muchedumbre de Mica, las vigas del gimnasio empezaron a temblar. La enorme M del suéter blanco de Stargirl iba de un lado a otro cuando empezó a saltar y bailar con las otras porristas. Pasé tanto tiempo mirándola a ella como al partido. Stargirl animaba cuando marcábamos un punto, cuando lo marcaba Sun Valley, no. Eso me tranquilizó.

Aunque la tranquilidad no duró mucho. Íbamos perdiendo. Por primera vez en el año, íbamos por detrás en el primer cuarto. De hecho, nos estaban pegando una paliza: veintiuno a nueve. El motivo estaba bien claro: a pesar de que el Sun Valley no era tan bueno como nosotros, tenía algo que nosotros no teníamos: una estrella del baloncesto. Un chico que se llamaba Ron Kovac. Medía dos metros y siete centímetros y marcaba unas treinta canastas por partido. Nuestros jugadores parecían cinco Davides luchando contra un Goliat.

A mitad del segundo tiempo el Sun Valley seguía en cabeza por diecinueve puntos. Nuestros antes enfervorizados fans estaban ahora sumidos en un profundo silencio; y entonces ocurrió: el balón se quedó en mitad del campo y varios jugadores se lanzaron por él. En ese momento, Kovac iba por delante esquivando a los contrincantes cuando se tropezó con la zapatilla de un compañero; así lo contaron en el periódico al día siguiente. Todo ocurrió tan rápido que nadie pudo verlo, aunque varios dijeron que habían oído un crujido espantoso, como cuando se parte una rama. Todo lo que sabíamos era que Goliat estaba de pronto retorciéndose y gritando en el suelo, que su tobillo tenía muy mala pinta y que su entrenador y sus compañeros se dirigían a él a toda velocidad. Pero no llegaron de primeras: Stargirl, de alguna forma, ya estaba ahí.

Mientras que las porristas del equipo de Kovac se sentaron afectadas y decepcionadas en sus banquillos, Stargirl estaba arrodillada en medio del campo. Se puso la cabeza de Kovac en el regazo mientras el resto se ocupaba de la pierna rota. Le acariciaba la frente y la cabeza, parecía estar diciéndole algo. Cuando se lo llevaron del campo en una camilla ella los siguió. Todo el mundo (de ambos equipos) se puso en pie y aplaudió. Las porristas del Sun Valley saltaron como si acabaran de marcar dos puntos. A través de las ventanas de la parte superior del gimnasio se veían las luces de la ambulancia.

Yo también aplaudí y sabía por qué lo hacía, pero me pregunté por qué aplaudirían el resto de los fans de Mica. ¿Se ponían de pie en homenaje a Kovac o porque se alegraban de verlo salir del campo?

El partido siguió. Stargirl volvió al banquillo de las porristas. Sin Kovac el Sun Valley era pan comido. Al empezar el segundo tiempo ya estábamos en cabeza y la victoria era inminente.

Dos noches más tarde perdimos contra el Glendale. Una vez más nos íbamos quedando más y más atrás a medida que avanzaba el partido. Pero en esta ocasión no nos recuperamos en el segundo tiempo. En esta ocasión, Los Electrones no se enfrentaban a un jugador mejor que ellos, sino a cinco; en esta ocasión, ningún contrincante se rompió un tobillo, aunque estoy seguro de que ante la desesperación, a más de uno le habría gustado.

Estábamos alucinados, no podíamos creerlo. Pero cuando se agotaron los últimos segundos del último tiempo, sí que nos lo creímos. Los vítores que atravesaban el gimnasio se convirtieron en flechas clavándose en nuestra desilusión. ¿Cómo podíamos haber sido tan estúpidos? ¿Habíamos pensado en serio que nuestro pequeño equipo de Mica, ganador de la tercera liga, podría hacer frente a los equipos de las grandes ciudades? Nos habíamos dejado llevar por una ilusión imposible; engañados; nos habían pegado una paliza. Fue tan bonito ganar mientras duró, y tan adecuado para nosotros, que habíamos llegado a pensar que ganar era simplemente nuestro destino.

Y ahora...

Cuando el entrenador del Glendale sacó a los suplentes para acabar de barrernos, las chicas de Mica lloraron, los chicos insultaron y abuchearon; insultaron a los árbitros de banda, a las canastas y, a los focos. Las porristas, admirablemente, seguían animando. Nos miraban con los ojos brillantes y el rímel corrido. Levantaban los brazos y saltaban y hacían todo lo que se esperaba de las porristas, pero sus movimientos estaban vacíos y sus corazones ausentes.

Excepto Stargirl. Cuando la miré detenidamente, me di cuenta de que era diferente. Sus mejillas estaban secas, su voz era la de siempre y no estaba decaída. Desde que empezó el primer tiempo, no se volvió a sentar y no volvió a mirar el partido. Se puso de espaldas a la cancha. Se quedó de pie mirándonos y no hizo ni caso al partido que había a sus espaldas. Íbamos perdiendo por treinta puntos y quedaba un minuto para que se acabara el partido, pero ella no dejaba de animar como si todavía hubiera esperanzas. Sus ojos brillaban con una ferocidad que nunca había visto antes. Levantaba los puños, desafiando nuestro pesimismo.

Y de repente su cara se llenó de sangre.

Justo en ese momento un jugador del Glendale se había hecho con el balón y Kevin me dio un golpe en la pierna. Yo miré a Stargirl con la cara ensangrentada y grité: «¡NOOOO!».

Pero no era sangre. Era un tomate. Alguien le había estampado en la cara un tomate bien maduro y cuando terminó el partido, Stargirl seguía de pie mirando hacia nosotros con sus inmensos ojos, untada de tomate hasta arriba, completamente estupefacta. Se oyeron amargas carcajadas entre los nuestros e incluso algún aplauso.

Al día siguiente por la mañana, encontré la tarjeta. Estaba dentro de uno de mis cuadernos de clase que según parece llevaba tiempo sin abrir. Era una tarjeta de San Valentín, como de cuando éramos pequeños, con un dibujo de un niño ruborizado y una niña con zapatos de charol y un corazón entre los dos con las palabras «TE QUIERO». Y como a menudo hacen los niños (incluso cuando están en la escuela), había firmado en código:

15

«Le ha dado una tarjeta a todo el mundo», fue lo primero que pensé.

Cuando vi a Kevin en la escuela estuve a punto de preguntarle, pero me eché atrás. Esperé a la hora del almuerzo. Intenté parecer desinteresado y preguntarlo cuando viniera a cuento en la conversación que absolutamente todo el mundo tendría hoy: el partido, la paliza, el tomate...

—¡Ah! ¡Por cierto!, ¿alguien te ha regalado una tarjeta?

Me miró sorprendido:

—Según tengo entendido, Stargirl les ha regalado una a los de su clase —dijo.

—Eso he oído yo también, pero ¿ya está? ¿A nadie más?

—A mí no —dijo encogiéndose de hombros—. ¿Por qué? ¿A ti sí?

Estaba mirando hacia el comedor mientras comía su sándwich, pero a pesar de eso, me dio la impresión de que me estaba interrogando. Negué con la cabeza:

—No, no, qué va. Era por saber.

En realidad, estaba sentado encima de la tarjeta. La llevaba en el bolsillo trasero de los vaqueros. Todos los ojos del comedor estaban centrados en Stargirl. Creo que algunos de nosotros incluso esperábamos ver restos de tomate por su cara. Se sentó en la mesa de siempre con Dori Dilson y otros amigos. Stargirl parecía otra persona, no tocó el ukelele, no jugó con Cinnamon, sólo habló y comió con las chicas de su mesa.

Cuando se acabó la hora del almuerzo, se levantó, pero no fue hacia la salida. En lugar de eso, vino directa hacia mi mesa. Me entró el pánico. Me levanté de un salto, agarré mis cosas y balbuceé: «Me tengo que ir» y salí pitando dejando a Kevin boquiabierto. No fui lo suficientemente rápido: de camino hacia la puerta, la escuché detrás de mí.

—Hola Leo.

La cara empezó a arderme, habría jurado que el comedor entero me estaba mirando a mí, que todos habrían visto la tarjeta que sobresalía de mi bolsillo. Disimulé haciendo que miraba la hora, que llegaba tarde a algún sitio, salí corriendo del comedor.

El resto del día merodeé a escondidas por la escuela. Al salir, me fui directo a casa y me quedé en mi habitación. Sólo salí para cenar. Les dije a mis padres que tenía que hacer un trabajo. No dejé de dar vueltas por la habitación. Me tumbé en la cama y miré el techo; miré por la ventana, dejé la tarjeta encima de la mesa, la abrí, la leí, la leí, la leí. En mi cabeza, se repetían las palabras «¡Hola Leo!» una y otra vez.

Jugué a los dardos con la diana que tenía detrás de la puerta de mi habitación. Mi padre me gritó:

—¿Sobre qué es el trabajo? ¿Sobre dardos?

Me fui. Di un paseo en la furgoneta. Pasé por la calle donde vivía Stargirl, cuando me acerqué a su casa, apagué el motor.

Durante horas me quedé bajo la luz de la luna. Su voz atravesaba la noche; venía desde la luz, desde de las estrellas.

«Hola Leo.»

Al día siguiente por la mañana (era sábado) Kevin y yo fuimos juntos hasta casa de Archie para la reunión semanal de la Orden Leal de los Huesos Fosilizados. Éramos unos quince. Llevábamos nuestros collares con los fósiles. Archie quería hablar sobre un cráneo del eoceno que tenía en las manos, pero el resto no podía hablar de otra cosa que no fuera el partido. Cuando le contaron a Archie lo del tomate, arqueó las cejas, pero aparte de eso, no pareció cambiarle el gesto de la cara. Pensé que no le estaban contando ninguna novedad, que ya lo sabía. Archie se pasó toda la mañana así, asintiendo, sonriendo y arqueando las cejas. Nos desahogamos y descargamos nuestra ira con él. Archie habló muy poco. Cuando terminamos de hablar, miró el cráneo que tenía en las manos, lo acarició y dijo:

—Bueno, este tipo que tienen aquí también perdió su partido. Ganó durante unos diez años, pero después se durmió en los laureles y se encontró en otra liga. Mantuvo el tipo tan bien como pudo, marcaba puntos, pero se fue quedando más y más atrás. Los contrincantes eran mejores, más rápidos y tenían más entusiasmo. En el partido de la final, aniquilaron a nuestro chico. No sólo no vino a clase al día siguiente, no volvió a aparecer nunca. Nunca lo volvieron a ver.

Archie levantó el cráneo con forma de hocico de zorro y lo puso a la altura de su cara. Dejó pasar un minuto largo sin decir nada, invitándonos a la reflexión. Nos miramos los unos a los otros atónitos. Millones de años de rostros en un salón de una ciudad de Arizona.

16

Lunes, hora del almuerzo.

Esta vez, cuando Stargirl vino hacia mi mesa antes de salir, me quedé. Estaba de espaldas a ella. Pude ver cómo Kevin la seguía con la mirada y abría más y más los ojos según se acercaba. De pronto, su mirada se fijó y se dibujó una leve sonrisa maliciosa en su rostro y todo, excepto el ajetreo de la cocina, pareció quedarse en silencio, y a mí me ardía la nuca.

—De nada —oí que decía, casi cantando.

Pensé: «¿De qué habla?», pero entonces caí y supe lo que tenía que hacer. Supe que tenía que darme la vuelta y hablar con ella y supe que ella no se iba a mover de ahí hasta que lo hiciera.

Esto de estar aterrorizado era estúpido, era infantil. ¿Qué me daba tanto miedo?

Me di la vuelta. Me sentí pesado, como si me moviera debajo del agua, como si me estuviera enfrentando a algo muy superior a una chica de décimo grado con un nombre curioso. Miré el girasol amarillo chillón de su bolsa (parecía que estaba pintado a mano) y por fin, la miré a los ojos.

—Gracias por la tarjeta —dije.

Su sonrisa eclipsó al girasol. Se marchó.

—Está enamorada —dijo Kevin con malicia.

—¡Qué tontería! —respondí yo.

—Está muy enamorada.

—Es rara, eso es todo.

Sonó el timbre, agarramos nuestras cosas y nos fuimos.

Me pasé el resto del día temblando. Un bate de béisbol no me habría golpeado tan fuerte como su sonrisa. Tenía dieciséis años. Por aquel entonces ¿cuántas miles de sonrisas me habían dedicado? ¿Por qué ésta me parecía la primera?

Después de la escuela, mis pies me condujeron hasta su clase. Estaba temblando y sentía un cosquilleo en el estómago. No tenía ni idea de qué haría si la veía. Sólo sabía que no podía dejar de ir.

No estaba ahí. Me apresuré por los pasillos, corrí hasta la calle, los estudiantes estaban subiéndose a los autobuses, los autos arrancaban, cientos de chicos por todos lados. Durante meses había estado por todas partes y ahora no estaba en ningún sitio.

Escuché su nombre. *Su nombre*. Las dos sílabas, las ocho letras que había estado escuchando durante todo el año, de pronto las escuché alto y claro. Me situé más cerca para ver si conseguía oír algo. Un grupo de chicas iba hablando hacia el autobús.

—¿Cuándo?

—¡Hoy, al salir de clase, justo ahora!

—¡No puede ser!

—¡No puedo creer que tardaran tanto!

—¿Que la han echado? Pero ¿pueden hacer eso?

—Claro, ¿por qué no? No es su escuela.

—Yo la habría echado hace mucho. Era una traidora.

—¡Bien hecho!

Sabía de qué estaban hablando, el rumor llevaba circulando por la escuela desde hacía días. Habían echado a Stargirl del equipo de porristas.

—¡Hola Leo!

Un grupo de chicas me llamaba a voces. Me giré, estaban frente al sol y la luz me molestaba. Cantaron al unísono: «¡Starboy!». Se rieron. Las saludé con la mano antes de irme a casa apresurado. Podría no haberlo admitido nunca, pero estaba contentísimo.

Su casa estaba a cuatro kilómetros de la mía, detrás de un pequeño centro comercial. Archie me había indicado dónde exactamente. Caminé hasta allí, no quería ir en bici. Quería hacer las cosas despacio, quería acercarme poco a poco, ser consciente de cada paso, sentir cómo aumentaba la tensión igual que las burbujas en una botella de soda.

No sabía qué haría si me la encontraba. Sólo sabía que estaba nervioso, asustado. Estaba más cómodo con la imagen que me había hecho de ella que con ella en persona. De pronto, quería saber todo sobre ella. Quería ver fotos de cuando era pequeña, quería verla tomando el desayuno, envolviendo un regalo, durmiendo. Desde septiembre había sido una actriz (única y extravagante) sobre el escenario de la escuela. Era lo contrario de una chica moderna, no tenía doble fondo. Desde la decoración de su pupitre al discurso de oratoria, sin olvidar los bailes en la cancha, ahí estaba, sin miedo a expresarse. Sin embargo, ahora me daba la impresión de que no había prestado atención, de que me había perdido algo importante.

Ella vivía en Palo Verde. Para una persona tan fuera de lo común, su casa era sorprendentemente normal, por lo menos para Arizona. Un chalet, de adobe blanco, tejado de arcilla roja, ni una brizna de hierba en el jardín de la entrada, sólo cactus y piedras.

Cuando llegué, tal y como había previsto, era de noche. Subí y bajé por el otro lado de su calle. No quería que me confundieran con un merodeador así que me alejé un poco. Entré en Roma Delite y me compré una porción de pizza. Engullí la mitad y volví deprisa, no estaba tranquilo si me alejaba demasiado de su casa; tampoco lo estaba cuando me acercaba.

Al principio me conformaba con ver su casa. Después empecé a preguntarme si ella estaría dentro y qué haría. Salía luz de todas las ventanas que veía. Había un auto en la entrada del garaje. Cuanto más avanzaba el reloj, más ganas tenía de acercarme. Crucé la calle y pasé por delante de su casa a toda velocidad. Me dio tiempo a llevarme una piedra de su jardín. Subí por la calle, me di la vuelta y miré su casa desde lo lejos.

Le susurré al cielo salpicado de nubes «Ahí vive Stargirl Caraway, le gusto».

Me dirigí de nuevo hacia su casa. La calle y las aceras estaban desiertas. La piedra que llevaba en la mano estaba caliente. Esta vez, caminaba despacio al acercarme. Me sentí raro. Fijé la mirada en un triángulo de luz de una ventana con cortinas. En una pared amarilla vi una sombra. Parecía flotar a la deriva.

De pronto se abrió la puerta principal de la casa. Me escondí detrás del auto y me puse de cuclillas al lado del parachoques trasero. Oí cómo se cerraba la puerta. Oí pasos, avanzaban al mismo ritmo que la sombra que se proyectaba en el camino hacia el garaje. Dejé de respirar. La sombra dejó de avanzar. Me sentí ridículo y fantástico al mismo tiempo, como si esto fuera lo que la vida tenía preparado para mí en ese momento: estaba en el momento apropiado en el lugar apropiado.

Su voz venía de la sombra.

—¿Te acuerdas de cuando me seguiste hasta el desierto aquel día al salir de la escuela?

Ridículamente, me debatía entre responder o no, como si hacerlo fuera a... ¿qué?, ¿delatarme? Me incliné sobre el parachoques de metal liso. Ni se me pasó por la cabeza ponerme de pie, mostrarme. Se me hizo eterno, hasta que al final balbuceé:

—Sí.

—¿Por qué te diste la vuelta y te fuiste?

Hablaba como si nada, como si mantuviera este tipo de conversaciones con alguien escondido detrás de un auto todas las noches.

—No me acuerdo —dije.

—¿Tenías miedo?

—No —mentí.

—No habría dejado que te perdieras, ¿sabes?

—Sí, lo sé.

Una pequeña sombra se separó de la grande. Vino hacia mí tambaleándose entre las piedrecitas del camino. Tenía una cola. No era una sombra. Era el ratón, Cinnamon. Se paró delante de una de mis zapatillas y se quedó mirándome. Puso sus patas delanteras encima de mi zapatilla y empezó a olisquear entre los cordones.

—¿Se están conociendo? —preguntó.

—Más o menos.

—¿Mientes?

—Más o menos.

—¿Te dan miedo los ratones?

—Más o menos.

—¿Te gusto? Como digas más o menos, le diré a Cinnamon que te muerda.

—Sí.

—¿Sí qué?

—Me gustas —estuve a punto de añadir «más o menos» para hacerla reír, pero no lo hice.

—¿Te gusta Cinnamon?

El ratón estaba completamente encima de mi zapatilla en ese momento. Sentía su peso. Tenía ganas de quitármelo de encima. Su cola arrastraba por el camino.

—Sin comentarios —respondí.

—¡Pero bueno, Cinnamon! ¿Has oído eso? ¡Sin comentarios! No quiere que la gente se entere de que le gustas.

—Creo que te estás dejando llevar por la situación —dije.

—Pues así lo espero —dijo—. Nada me gusta más que dejarme llevar. ¿Te gustaría dejarte llevar por Cinnamon esta noche? Le encanta dormir fuera de casa.

—No, gracias.

—¡Oh! —me estaba haciendo burla—. ¿Estás seguro? No da ningún problema, casi no ocupa espacio, lo único que tienes que darle de comer es un cereal o dos uvas y no se hará nada dentro de casa. ¿Verdad que no, Cinnamon? Adelante, ponte de pie y dile que no lo harás, dale ponte de pie.

Cinnamon se puso de pie sobre mi zapatilla, sus ojos brillaban como perlas negras.

—¿No tiene las orejas más bonitas del mundo?

«¿Y quién se fija en las orejas de un ratón?» Miré. Tenía razón.

—Sí —respondí—, las más bonitas.

—Hazle cosquillitas detrás de las orejas, ¡lo vuelve loco!

Tragué saliva, me agaché y alcancé con dos dedos la zona de detrás de las orejas del ratón y le hice cosquillas. Supongo que le gustó, no se movió. Después, sorprendiéndome a mí mismo, puse un dedo enfrente de su nariz y me lamió. Nunca se me había ocurrido pensar que los ratones hicieran eso. Su lengua era del tamaño de la uña de mi dedo meñique. Habría jurado que sería áspera, como la de los gatos, pero no, era suave.

Y de pronto, ya no estaba sobre mi pie, estaba en mi hombro. Grité. Intenté quitármelo, pero estaba enganchado a mi camisa con las uñas. Mientras tanto, Stargirl se moría de la risa, podía ver su sombra agitada.

—Deja que adivine —comentó—, Cinnamon se ha subido a tu hombro.

—Acertaste —contesté.

—Y te estás preguntando qué es eso de que los ratones se suban encima de las personas.

—Pues no —respondí—, pero ahora que lo mencionas...

Me puse las manos alrededor del cuello, sentí algo en la oreja, unos bigotes, volví a gritar.

—¡Se está comiendo mi oreja!

Stargirl seguía riéndose.

—Te está acariciando con el hocico. Le gustas, sobre todo le gustan tus orejas. Nunca se acerca a una oreja que no le gusta. Cuando haya terminado te la habrá dejado como los chorros del oro. Sobre todo, si tiene algún resto de mermelada.

Sentía su diminuta lengua lamiendo las grietas de mi oreja.

—¡Me hace cosquillas! —luego sentí algo más—, ¡noto los dientes!

—Sólo te está evitando tener que limpiarte las orejas. Debes de tener algo crujiente ahí dentro. ¿Te has limpiado las orejas últimamente?

—No es asunto tuyo.

—Lo siento, no pretendía ofenderte.

—Te perdono.

Por un momento hubo tranquilidad, excepto en mi oreja. Oía cómo respiraba Cinnamon, su cola se metió dentro del bolsillo de mi camisa.

—¿Quieres confesarlo ahora?

—¿Confesar qué? —pregunté.

—Que te está empezando a gustar tener un roedor lamiéndote la oreja.

Sonreí. Afirmé quitándome la nariz de Cinnamon de encima un momento.

—Confieso.

Más silencio, una respiración débil en mi oreja.

—Bueno —dijo por fin—, ahora tenemos que entrar en casa, da las buenas noches Cinnamon.

«No —pensé—, no te vayas».

—Todavía me queda una oreja —dije.

—Si te hace la otra, no querrá volver a separarse de ti y yo me pondré celosa. Vamos, Cinnamon, es hora de dar las buenas noches.

Cinnamon siguió olfateando.

—No está viniendo, ¿verdad?

—Me temo que no.

—Entonces, ponlo en el suelo.

Eso hice. En cuanto lo puse en el suelo, salió a toda prisa por debajo del tubo de escape y cuando salió por el otro lado del auto, lo perdí de vista.

La sombra se fue. Oí cómo se abría la puerta de la casa, salió luz del interior.

—Buenas noches, Leo.

—Buenas noches —respondí.

No quería irme. Me hubiera gustado acurrucarme en ese mismo sitio y dormirme. Había estado en cuclillas durante un buen rato. Me costó ponerme de pie, y no empecé a andar normal hasta que ya estaba llegando a casa.

Hacía dos semanas había descubierto que Stargirl sabía mi nombre. Ahora estaba loco por ella. Andaba en las nubes. Trepaba por un haz de luz hasta la luna y dormía acurrucado en ella. En la escuela, me pasaba el día en las nubes, como un globo, sonriente y perezoso, completamente perdido. Hasta que sentí un ligero tirón del cordón que colgaba del globo…

—¡Estás enamorado, tonto! —era Kevin.

Me limité a sonreír y continué junto a la ventana con la mirada perdida.

Estuve en este estado hasta que de pronto, a la hora del almuerzo, recuperé la consciencia. Estaba seguro de que en la escuela todo el mundo lo sabía. Estarían esperando a que entrara en el comedor para darse la vuelta y mirarme. No me gustaba ser el centro de atención, nunca me había gustado. Disfrutaba quedándome detrás de la cámara y dejando a Kevin que lidiara.

Así que decidí quedarme escondido los treinta y cinco minutos del almuerzo en la sala de aparatos del gimnasio. Me senté encima de una colchoneta enrollada y me puse a lanzar una pelota de voleibol contra la pared. No tenía nada de comer (quería haber comprado algo) pero tampoco tenía hambre.

Al salir de la escuela nos encontramos, no tuvimos que buscarnos.

Sacó a Cinnamon de la bolsa y se lo puso en el hombro:

—Dale la pata a Leo, Cinnamon.

Cinnamon me dio la patita.

—¿Crees en los lugares encantados? —me preguntó.

—¿Me estás hablando a mí o al ratón?

Sonrió. Estaba espléndida.

—A ti —contestó.

—No lo sé —dije—, nunca he pensado en ello.

—Te voy a enseñar uno.

—¿Y qué pasa si yo no quiero? —repliqué.

—¿Qué te hace pensar que tienes elección?

Me dio la mano y me arrastró riéndose. Atravesamos los campos de la escuela de la mano, a la vista de todo el mundo. Caminamos durante kilómetros, pasamos el centro de negocios MicaTronics, atravesamos el campo de golf y llegamos hasta el desierto.

—¿Te suena de algo? —me preguntó.

En ese momento, yo estaba tocando el ukelele sin ton ni son y Cinnamon iba subido a mi hombro.

—Aquí es donde vinimos aquel día —dijo—. Ejem... nosotros... —se corrigió—. Yo venía aquí, *tú* me seguías quinientos metros por detrás —me dio un golpe en el hombro—, espiándome —me dio otro golpe, esta vez más fuerte, le brillaban los ojos—. Fisgoneando.

—¡Fisgoneando! —no podía creerlo, eso me dolía—. ¡Yo no estaba fisgoneando! Simplemente, me quedé un poco más atrás, eso es todo.

—Me estabas siguiendo.

—Bueno, ¿y qué? —dije encogiéndome de hombros.

—¿Por qué?

Se me pasaron infinidad de razones por la cabeza, pero no logré articular ninguna.

—No sé —respondí.

—Porque te gusto —afirmó.

Sonreí.

—Estabas deslumbrado conmigo. No tenías palabras para expresar mi belleza. Jamás habías visto a alguien tan fascinante como yo. Pensabas en mí cada minuto que pasaba. Soñabas conmigo, no lo podías soportar, no podías alejarte de semejante maravilla. *Tenías* que seguirme.

Me giré hacia Cinnamon. Me lamió la nariz.

—No te des tanta importancia. Era a Cinnamon a quien seguía.

Se rió y el desierto cantó.

Los que esperan que todos los desiertos sean de estériles dunas de arena se sorprenderían con el de Sonora. No sólo no hay dunas; no hay arena. Por lo menos, no la clase de arena que hay en las

playas. El color de la tierra sí tiene un cierto parecido, es de un tono grisáceo, pero no se te hunden los
pies, está duro, como si hubiera pasado una apiso-
nadora. Tiene piedras y brilla por la mica (por qué
iba a ser si no).

Pero tampoco llama tanto la atención el suelo. Lo que sí destaca son los saguaros. Para los recién
llegados del Este, la primera impresión es ésta: el
desierto es un árido páramo beige con zarzas de espi-
nas cuyo único fin es servir de escenario a los
majestuosos saguaros. Poco a poco, a medida que te
acostumbras al paisaje, las plantas del desierto empie-
zan a cobrar identidad: la yuca de puercoespín, la cola
de castor, la pera espinosa, el cactus barril, el cuerno
de ciervo y el de venado, los dedos del diablo, los oco-
tillos que parecen querer alcanzar el cielo.

Caminamos abriéndonos camino entre la
vida vegetal, esquivando surcos y riachuelos con las
montañas Maricopas teñidas de morado a lo lejos.

—Cuando te diste la vuelta y saliste corriendo aquel día —me dijo—, te llamé.

—¿Me llamaste?

—Susurré tu nombre.

—¿Susurraste? ¿Cómo esperabas que te oyera?

—No sé —respondió—, sólo pensé que lo
harías.

Toqué el ukelele. Me puse derecho. Darle un
paseo al ratón me ayudó a mantener el tipo.

—Eres tímido, ¿no? —me preguntó.

—¿Qué te hace pensar eso?

—¿Estabas incómodo cuando te di la mano hoy al salir de la escuela, delante de todos? —dijo riéndose.

—Naaa.

—¿Estás mintiendo?

—Sí.

Volvió a reírse. Parecía que no se me daba mal del todo hacerla reír.

Miré hacia atrás. La autopista estaba fuera de la vista.

—¿Tienes hora?

—Nadie es dueño de la hora —respondió—. Nadie *tiene* la hora —extendió los brazos y se puso a dar vueltas sobre sí misma hasta que su falda pareció un paraguas girando a toda velocidad—. ¡Están ahí para todo el mundo!

—Perdona por preguntar —dije.

Colgó su bolsa del brazo de un cactus y se fue haciendo volteretas hacia las Maricopas. Me entraron unas ganas locas de unirme a ella. Me dije a mí mismo que no podía porque llevaba encima un ukelele y un ratón. Agarré su bolsa y la seguí.

Cuando decidió volver a andar como un ser humano, le dije que era estrafalaria.

Se paró, se giró y me hizo una reverencia presuntuosa:

—Gracias, caballero.

Después me agarró del brazo como si estuviéramos dando un apacible paseo y me dijo:

—Grita, Leo.

—¿¡Qué!?

—Que eches la cabeza hacia atrás y lo saques todo. Grita. Nadie te va a oír.

—¿Por qué iba a querer hacer eso?

Dirigió sus ojos atónitos hacia mí.

—¿Y por qué no ibas a querer?

—Si él grita primero —dije señalando a Cinnamon—, yo también grito.

Y cambié de tema.

—¿Vamos a llegar algún día al lugar encantado? —me sentía estúpido sólo con decir estas palabras.

—Ya estamos llegando —contestó.

Le seguí la corriente.

—Pero ¿cómo reconoces un lugar encantado?

—Ya lo verás —respondió. Me apretó la mano—. ¿Sabes que hay un país con lugares encantados oficiales?

—No —repuse—. ¿Dónde es eso? ¿Oz?

—Islandia.

—Lo suponía.

—Voy a ignorar tu sarcasmo. No estaría mal que hubiera lugares encantados oficiales aquí. Imagínate ir andando por la calle y de repente encontrarte una de esas lápidas con una placa de plata: «Lugar encantado, Ministerio del Interior de los Estados Unidos».

—Acabaría convirtiéndose en un vertedero.

Me miró, esta vez sin sonreír.

—¿Tú crees?

Me sentí mal, como si hubiera estropeado algo.

—No, la verdad es que no —la tranquilicé—, no, si hay un cartel que diga «Prohibido verter escombros».

Un minuto más tarde paramos.

—Ya estamos.

Miré a mi alrededor. El sitio no podía haber sido más normal. La única presencia notable era la de un saguaro enorme y lleno de ramitas, todavía más grande que el Sr. Saguaro de Archie. Aparte de eso sólo había maleza gris y plantas enredaderas con peras llenas de pinchos.

—Lo había imaginado diferente —comenté.

—¿Especial? ¿Pintoresco? —preguntó.

—Sí, supongo que sí.

—Es un paisaje diferente —dijo—. Quítate los zapatos.

Nos quitamos los zapatos.

—Siéntate.

Nos sentamos en la posición del loto. Cinnamon correteó por mi brazo hasta llegar al suelo.

—¡Quieto! —gritó Stargirl.

Metió al ratón en su bolsa.

—Hay lechuzas, halcones, serpientes, Cinnamon puede ser un delicioso manjar.

—Bueno —pregunté—, ¿cuándo empieza el encanto?

Estábamos sentados uno al lado del otro, de frente a las montañas Maricopas.

—Empezó cuando se creó la Tierra —tenía los ojos cerrados. La piel de su rostro adquirió un tono dorado por la puesta de sol—, y desde entonces nunca ha dejado de existir, siempre está aquí, en este momento también.

—¿Y qué hacemos?

Sonrió.

—Ése es el secreto —tenía las manos en su regazo—, no hacemos nada, o lo más parecido a no hacer nada que podamos —giró la cabeza lentamente hacia mí, todavía con los ojos cerrados—. ¿Alguna vez has hecho nada?

—Mi madre piensa que es lo único que hago todo el santo día —contesté riéndome.

—No le digas que te lo he dicho, pero se equivoca —volvió a ponerse de cara al sol—. Es muy difícil no hacer absolutamente nada. Incluso aquí sentados, como ahora, nuestros cuerpos están agitándose. Nuestras mentes están hablando. Hay una inmensa conmoción dentro de nosotros.

—¿Eso es malo? —pregunté.

—Es malo si queremos saber qué está pasando más allá de nosotros mismos.

—¿No tenemos oídos y ojos para eso?

Asintió.

—A veces sirven, pero otras veces estorban. La tierra intenta hablarnos, y no podemos escucharla por el barullo que arman nuestros sentidos. A veces hay que borrarlos, hay que acabar con nuestros sentidos. Quizá la tierra nos toque, el universo nos hable y las estrellas nos susurren.

El sol estaba naranja y un color púrpura coronaba las montañas.

—Entonces ¿cómo consigo esa nada?

—No estoy segura —respondió—, no hay respuesta para eso. Tendrás que encontrar tu propio camino. A veces intento borrarme, imagino una gran goma rosa de borrar que va y viene de un lado a otro y de repente, ¡ups! ya no tengo los dedos de los pies. Después los tobillos, luego las rodillas. Pero eso es lo más fácil. Lo más complicado es borrar los sentidos: los ojos, los oídos, la nariz, la lengua. Y lo último, el cerebro. Mis pensamientos, mis recuerdos, lo que me dice la cabeza. Eso es lo más difícil, borrar mis pensamientos —se rió suavemente—. Mi cabeza. Y entonces, si he hecho un buen trabajo, si me he borrado, ya no estoy, no soy nada. Y así, el mundo puede volar libremente dentro de mí como el agua en un recipiente vacío.

—¿Y? —dije.

—Y... veo. Oigo. Pero no con los ojos o con los oídos. Ya no estoy fuera del mundo, pero tampoco estoy dentro. Es como si no hubiera diferencia entre el universo y yo. Ya no hay límite, yo soy el universo y el universo es yo. Soy una piedra, la espina de un cactus. Soy la lluvia —sonrió con ojos soñadores—, es lo que más me gusta, ser la lluvia.

—¿Soy la primera persona que traes aquí?

No respondió. Se dio la vuelta hacia las montañas bañadas en sirope de sol con el rostro más apacible que jamás he visto.

—Stargirl.

—Shhhh.

Ése fue el último sonido que hicimos durante un buen rato. Estábamos sentados al lado, en posición de loto, hacia el oeste. Cerré los ojos. Intenté quedarme lo más quieto posible; y de pronto, me di cuenta de que tenía razón. Podía inmovilizar los brazos y las piernas, pero dentro de mí, era la hora punta del centro de Phoenix. Nunca había sido tan consciente de mi respiración y de los latidos de mi corazón, sin mencionar el surtido de extraños sonidos de mi cuerpo. Y era imposible desconectar la cabeza. Todas las preguntas, todos los pensamientos descarriados a miles de kilómetros venían a mí husmeando, rogando mi atención.

Pero lo intenté. Intenté lo de la goma de borrar, aunque no desapareció ni un solo dedo de mis pies. Intenté imaginar que era una hoja volando a merced del viento. Que me había engullido una ballena. Que me disolvía como un Alka-Seltzer. Nada funcionó. No conseguí desaparecer.

La miré. Sabía que no debía hacerlo, pero lo hice. Sin duda, ella sí se había borrado. No estaba ahí. Era todo serenidad, con una leve sonrisa en los labios, con su piel dorada, con su pelo iluminado por el atardecer. Parecía que se había sumergido en la luz del sol y la habían puesto ahí para que se secara. Sentí un arrebato de celos de que ella pudiera estar sentada ahí a mi lado y no ser consciente de ello, de que ella estuviera en cualquier lugar maravilloso y yo no pudiera estar ahí también.

Entonces vi a Cinnamon. Había salido de la bolsa. Estaba sentado como nosotros, con sus patitas (no podía dejar de pensar en ellas como manos de lo parecidas que eran a las de los seres humanos) pendiendo de la bolsa. Él también estaba inmóvil, de frente a la puesta de sol y la piel bañada en dorado. Él sí tenía los ojos abiertos como granos de pimienta negra.

Stargirl le debía de haber enseñado a hacerlo, o quizá fuera la conducta imitadora de los roedores. Aún así, no podía dejar de pensar que este renacuajo con bigotes estaba teniendo una experiencia única (que podría incluir hacer la digestión en el estómago de cualquier bicho, si se cumplían los temores de Stargirl). Con el mayor cuidado posible, me acerqué a la bolsa y lo agarré con las dos manos. No intentó escaparse, prefirió seguir descansando frente a la puesta del sol con su diminuta barbilla sobre mi dedo índice. Sentía los latidos de su corazón sobre la yema de los dedos. Lo acerqué a mi pecho. Desafié a cualquier alimaña que se acercara.

Cerré los ojos y respiré hondo para intentar de nuevo el encanto. Creo que no triunfé. Creo que a Cinnamon se le daba mejor que a mí. Lo intenté. Lo intenté con tanto empeño que casi grité, pero no parecía abandonarme a mí mismo y el cosmos no me visitó. No podía dejar de preguntarme qué hora era.

Sin embargo, ocurrió algo. Algo insignificante. Fui consciente de que sobrepasé un límite, de que di un paso hacia territorio desconocido, nuevo. Era un territorio de paz, de silencio. Nunca había sentido un silencio tan intenso, una serenidad semejante. La conmoción siguió en mi interior, pero con menos intensidad, como si alguien me hubiera bajado el volumen. Y ocurrió algo extraño: aunque nunca llegué a perder la conciencia de mí mismo, creo que sí perdí, por decirlo de alguna forma, la de Cinnamon. Dejé de sentir sobre mis manos su pulso, su presencia. Parecía que ya no estábamos separados, sino que éramos uno.

Cuando el sol se escondió detrás de las montañas, sentí una ligera brisa fresca sobre mi rostro.

No sé cuánto tiempo estuve con los ojos cerrados. Cuando los abrí, Stargirl no estaba ahí. Miré a mi alrededor asustado. Estaba de pie, a lo lejos, sonriendo. Había atardecido. El tiempo que estuve con los ojos cerrados fue suficiente para que el color púrpura de las montañas comenzara a bañar el desierto.

Nos pusimos los zapatos. Nos dirigimos hacia la autopista. Esperaba que me acribillara a preguntas, pero no lo hizo. No había luna y de pronto apareció; luego una estrella centelleante. Caminamos por el desierto, de la mano, en silencio.

Estábamos solos. Éramos los únicos de la escuela.

O por lo menos, ésa fue mi impresión las semanas que siguieron.

Durante todo el día, ella formaba parte de mi vida. Notaba sus movimientos, su presencia en cualquier parte del edificio. Entre clase y clase, no hacía falta verla por los pasillos, sabía que estaba ahí: oculta entre la masa de gente, mostrándome el camino, a punto de doblar una esquina cinco clases más adelante. Su sonrisa me guiaba. Cuando estábamos juntos, los estudiantes a nuestro alrededor empezaban a cuchichear. Estábamos profundamente solos. Caminábamos, sonreíamos, nos mirábamos a los ojos, y no había paredes ni techo; éramos dos personas en un universo de espacio y estrellas.

Y entonces, un día me di cuenta de que estábamos más solos de lo que yo había soñado.

Era jueves. Normalmente, los jueves después de tercera hora, Stargirl y yo nos cruzábamos en el segundo piso a la altura de la sala de profesores. Nos saludábamos con una sonrisa y seguíamos nuestro camino hacia la siguiente clase. Ese día, impulsivamente, me acerqué a ella:

—¿Quieres un escolta? —le pregunté.

—¿Se te ocurre alguno? —respondió con una sonrisa maliciosa.

Nos agarramos del dedo meñique y caminamos juntos. Su siguiente clase era en el primer piso, así que nos dirigimos a la escalera más cercana. Caminábamos codo con codo. Entonces me di cuenta:

Nadie nos hablaba.

Nadie nos saludaba.

Nadie nos sonreía.

Nadie nos miraba.

La escalera estaba llena de gente, sin embargo, ni una sola persona nos rozó.

Los estudiantes que subían las escaleras se arrimaban a la barandilla o a la pared. Excepto Stargirl que me susurraba algo al oído, el bullicio habitual había desaparecido.

Lo que más me llamó la atención fueron los ojos. La gente que subía las escaleras miraba hacia arriba, pero sus ojos nunca se cruzaban con los nuestros. Nos atravesaban como si fueran rayos gama. O nos miraban de refilón antes de perderse por los pasillos o en otros ojos. Tuve una necesidad imperante de mirarme, de asegurarme que estaba ahí.

—Nadie me mira —le dije a Kevin a la hora del almuerzo.

Siguió concentrado en su sándwich.

—¡Kevin! —dije bruscamente—, ¡tú tampoco!

Kevin soltó una carcajada. Me miró directamente a los ojos.

—Lo siento.

Normalmente había más gente en la mesa, pero hoy sólo estábamos nosotros. Aparté mi comida.

—¿Qué está pasando, Kevin?

Apartó la mirada un segundo, luego me volvió a mirar.

—Me preguntaba cuándo te darías cuenta. Casi esperaba que nunca lo hicieras.

—¿Darme cuenta de qué?

Dio un mordisco a su sándwich de bonito con lechuga. Se tomó su tiempo para masticar. Bebió un sorbo de jugo de naranja.

—Primero: no eres tú.

Me recosté en la silla.

—Vale, no soy yo, ¿y qué se supone que significa eso? —repuse haciendo aspavientos.

—Es la persona con la que estás.

Parpadeé, mirándolo fijamente.

—¿Stargirl?

Asintió.

—Vale —dije—. ¿Y?

Me volvió a mirar, masticó, tragó, dio un sorbo, miró a lo lejos, luego a mí de nuevo.

—Es a ella a quien no hablan.

Sus palabras no llegaron a calar.

—¿Qué quieres decir? ¿Quién?

Pasó la mirada por el mar de mesas y estudiantes del comedor.

—Ellos.

—¿Ellos, quiénes? —dije demasiado alterado como para reírme de mi sintaxis.

Se humedeció los labios.

—Todos ellos —se encogió de hombros—. Bueno, o casi todos —se giró hacia mí—. Todavía hay dos chicas que se sientan con ella.

Miré hacia su mesa. Cuando Stargirl se convirtió en una chica popular, la gente movía las sillas de otras mesas para poder apiñarse alrededor de la suya. Ahora, sólo estaban ella, Dori Dilson y una chica de noveno grado.

—¿Entonces? —pregunté—. ¿Qué está pasando exactamente?

Dio otro sorbo.

—El tratamiento del silencio continúa. Nadie le habla.

Todavía no acababa de enterarme.

—¿Qué significa eso de que nadie le habla? ¿Qué pasa? ¿Hubo una reunión en el gimnasio y la gente votó?

—No fue tan oficial. Simplemente pasó. Fue tomando forma.

Lo miré atónito.

—¿Cuándo? ¿Cuándo empezó todo esto? ¿Cómo? ¿Por qué? —estaba casi gritando.

—No sé exactamente. Después de lo del partido, supongo. Eso le fastidió a mucha gente.

—Lo del partido...

Asintió.

—... lo del partido —seguía repitiendo incrédulo.

Kevin dejó su sándwich.

—Leo, deja de comportarte como si no supieras de lo que estoy hablando. ¿Animar a otro equipo? ¿Qué creías que iba a pensar la gente? ¿¡Qué dulce es!?

—Así es ella, Kevin. Lo que hizo fue inofensivo. Raro, vale, pero inofensivo. Así es *ella*.

Asintió levemente.

—Bueno, vale, a eso me refiero, no fue sólo eso: es todo. No me digas que nunca te has dado cuenta. ¿Un tomate? ¿Te suena de algo un tomate?

—Kevin, hace un par de meses todo el mundo vitoreaba y aplaudía en el auditorio cuando ganó el concurso de oratoria.

—Oye —se defendió—, díselo a *ellos*, no a mí.

—Una persona tiró el tomate. Una —repuse.

—Sí —Kevin se rió por lo bajo—, y cientos lo estaban deseando. ¿Te fijaste en el resto de las porristas cuando pasó? La gente le echaba la culpa de que hubiéramos perdido, de que nuestra temporada victoriosa se fuera al traste.

No estaba seguro de si Kevin seguía hablando en nombre de *ellos*.

—Kevin —sentí que le estaba suplicando—, no era más que una porrista.

—Leo —me estaba apuntando con el dedo—, me has preguntado qué estaba pasando y yo te he contestado —se levantó para dejar la bandeja en el carrito.

Me quedé atontado mirando su silla hasta que volvió.

—Kevin... las canciones de *Cumpleaños feliz*, las tarjetas de San Valentín, todas las cosas bonitas que hace por la gente... ¿eso no cuenta?

Sonó el timbre. Se levantó. Agarró sus libros.

—Supongo que no —dijo encogiéndose de hombros.

A medida que avanzaba el día, y la semana, me sentía más paranoico. Cuando caminábamos juntos por la escuela, era perfectamente consciente de que la naturaleza de nuestra soledad había cambiado. Ya no era ese dulce e íntimo túnel de amor, sino un aislamiento escalofriante. Ya no teníamos que esquivar a la gente para poder pasar por los pasillos; el resto lo hacía por nosotros; ellos nos abrían el camino. Excepto Hillari Kimble, que cuando pasábamos a su lado, se arrimaba a nosotros y sonreía con regocijo.

En cuanto a Stargirl, parecía no darse cuenta. Me susurraba constantemente al oído. Yo le sonreía y asentía, pero una especie de escarcha comenzó a formarse en mi nuca.

19

—Los Amish de Pennsylvania tienen un nombre para eso.

—¿Cuál es? —pregunté.

—La marginación.

Estaba en casa de Archie. Necesitaba hablar con alguien.

—Bueno, eso es exactamente lo que está pasando —dije.

—El marginado, por llamarlo de alguna forma, se enfrenta con la iglesia, y lo excomulgan. Toda la comunidad se involucra. Si no se arrepiente, nadie le habla durante el resto de sus días. Ni siquiera su familia.

—¿¡Qué!?

—Así es. Ni siquiera su familia.

—¿Y su mujer?

—Ni su mujer, ni sus hijos, nadie —se le había apagado la pipa. La prendió con una cerilla—. Creo que lo que se pretende es echarlo; sin embargo, algunos se quedan, siguen trabajando en sus granjas y haciendo vida normal. Si el obispo supiera cómo hacerlo, intentaría que los cerdos y las gallinas lo marginaran. Es como si no existiera.

—Conozco esa sensación —dije asintiendo.

Estábamos en el porche. Miré al Sr. Saguaro.

—¿Te pasa cuando no estás con ella? —preguntó Archie.

—No —contesté—, o por lo menos, eso creo. Pero cuando estoy con ella, pienso que me lo están haciendo a mí también.

Una nube de humo se escapó por el quicio de su boca. Sonrió triste.

—Pobre delfín, atrapado en una red de atunes.

Tomé el cráneo de Barney, el roedor del paleoceno. Me pregunté si en sesenta millones de años alguien sostendría el cráneo de Cinnamon entre sus manos.

—¿Qué debo hacer?

—Bueno, eso es fácil. Aléjate de ella: tus problemas se evaporarán —dijo gesticulando.

—Excelente consejo —le dije con sorna—, sabes que no es tan fácil.

Como es natural, él lo sabía, pero quería oírmelo decir a mí. Le conté lo del Día de San Valentín, lo de la noche en el jardín de su casa y el paseo por el desierto. La pregunta que entonces me había parecido ridícula, no dejaba de venirme a la cabeza:

—¿Crees en los lugares encantados?

Archie se sacó la pipa de la boca y me miró directamente a los ojos.

—Sin duda.

Estaba confuso.

—¡Pero tú eres un hombre de ciencias! ¡Un científico!

—Soy un hombre de huesos. No puedes estar hasta arriba de huesos y no creer en los lugares encantados.

Miré a Barney. Recorrí con las yemas de los dedos el perfil de su diminuta mandíbula, áspera como la lengua de un gato. Sesenta millones de años en mis manos. Miré a Archie.

—¿Por qué no puede ser…?

Archie terminó mi frase:

—… ¿como los demás?

Se levantó y bajó del porche hasta el desierto (ya que, sin contar la caseta de las herramientas, el desierto empezaba en su jardín). La naturaleza conformaba el paisaje. Dejé a Barney y me acerqué a Archie. Juntos caminamos hacia el Sr. Saguaro.

—No como los demás —dije—, no exactamente, no del todo. Pero… Archie…

Paré en seco y él también. Me giré hacia él. Tenía la cabeza hecha un lío. Me quedé embobado mirándolo y de pronto grité:

—¡Anima a otro equipo!

Archie se quitó la pipa de la boca, como si así digiriese mejor mis palabras.

—Ah, sí… —asintió solemnemente.

Seguimos andando.

Pasamos la caseta de herramientas, pasamos al Sr. Saguaro. De vez en cuando, me agachaba para lanzar una piedra hacia las montañas Maricopas teñidas de púrpura.

—No es fácil describirla con palabras, ¿verdad? —dijo Archie casi en un susurro.

Corroboré su afirmación.

—Una chica fuera de lo común —dijo él—, lo supe nada más verla. Y sus padres, sin ofender, de lo más normal que hay. Antes, solía preguntarme de dónde habría salido. A menudo pensé que era ella la que debía darme clases a mí. Parece tener algo que el resto de nosotros no tenemos —me miró—, ¿no?

Asentí.

Archie volcó la cazoleta de su pipa de caoba y le dio unos golpecitos con los nudillos. Un hilillo de ceniza cayó sobre un matorral muerto de mezquite.

—¿Sabes? Hay un momento del día que todos conocemos, aunque no reparamos mucho en ello y del que apenas somos conscientes. Dura menos de un minuto —me dijo señalándome con la boquilla de la pipa.

—¿Y cuál es? —pregunté.

—Para la mayor parte de nosotros, sucede a primera hora de la mañana. Son esos escasos segundos en los que empieza la vigilia pero no estamos todavía realmente despiertos. Durante esos escasos segundos somos más primitivos que aquello en lo que nos vamos a convertir. Hemos dormido el sueño de nuestros ancestros más lejanos y un poso de ellos y de su mundo descansa todavía dentro de nosotros. Durante esos segundos no tenemos forma, somos salvajes; no somos quienes creemos que somos, sino criaturas más afines a un árbol que a un teclado. No tenemos título, ni nombre, somos naturales, estamos entre el pasado y el futuro; el renacuajo anterior a la rana, el gusano anterior a la mariposa. Somos, durante ese breve instante, nada y todo lo que podríamos ser. Y entonces…

Sacó el estuche para el tabaco y cargó la pipa. Me invadió una ráfaga de aroma a cereza. Prendió una cerilla. La cazoleta de la pipa absorbió la llama con avidez.

—… entonces, ¡ah! abrimos los ojos y estamos ante un nuevo día, y… —chasqueó los dedos— nos convertimos en nosotros.

Como muchas otras palabras de Archie, parecían no entrar por mis oídos, sino que se quedaban sobre mi piel, como larvas que esperan a que llegue la lluvia para desarrollarse y por fin, comprender.

Caminamos en silencio. Unas flores amarillas habían salido en un cactus, y por algún extraño motivo me puse terriblemente triste. El púrpura de las montañas se había atenuado como si se tratara de una acuarela.

—La *odian* —dije.

Se paró. Me miró fijamente. Nos dimos la vuelta y rehicimos el camino. Me rodeó con el brazo.

—Vamos a consultarlo con el Sr. Saguaro.

Poco después estábamos delante del decrépito coloso. Nunca llegué a comprender cómo se las arreglaba el Sr. Saguaro para inspirar esa dignidad, majestuosidad incluso, teniendo en cuenta sus ramas destartaladas, su esqueleto agujereado y el curtido pellejo que se amontonaba a sus pies, como calzones caídos. Archie siempre se dirigía a él ceremonioso y con respeto; como a un juez o a un dignatario en visita oficial.

—Buenos días, Sr. Saguaro —comenzó—, creo que conoce a mi amigo y miembro fundador de la Orden Leal de los Huesos Fosilizados, al Sr. Borlock —Archie se giró y me susurró al oído—: Tengo un poco oxidado el español, pero creo que voy a intentar hablarle en español, lo prefiere cuando se trata de asuntos delicados: «Parece que el señor Borlock aquí es la víctima de una marginación por parte de sus compañeros. El objeto principal de la marginación es la enamorada del señor Borlock, nuestra propia señorita Niña Estrella. Él está en búsqueda de preguntas».[12]

Mientras hablaba, Archie miraba el nido del búho. Después, se dio la vuelta hacia mí y susurró:

—Le he pedido preguntas.

—¿Preguntas? —dije yo—, ¿y qué me dices de respuestas?

—Shhh —dijo Archie, señalando con la cabeza disimuladamente hacia el Sr. Saguaro y con los ojos cerrados.

Esperé. Por fin, Archie asintió y se giró hacia mí:

---

[12] En español en el original.

—El estimado Señor dice que sólo hay una pregunta.

—¿Cuál es? —quise saber.

—Dice que todo se puede resumir en la siguiente pregunta, si es que estoy traduciendo correctamente: «¿Qué cariño aprecias más, el de ella o el de los demás?». El Sr. Saguaro dice que una vez hayas respondido esta pregunta, lo demás caerá por su propio peso.

No sabía si había entendido del todo al Señor Saguaro; tampoco entendía a Archie más de la mitad de las veces, así que no dije nada, y volví a casa. Esa noche, en la cama, cuando la luz de la luna bañaba mi barbilla, me di cuenta de que había entendido la pregunta perfectamente. Simplemente, no quería contestar.

Dos veces por semana, poníamos en el tablón con forma de correcaminos del patio los resultados de la liga de baloncesto. Los equipos ganadores iban a las finales; después vendrían los *play off*, y cuando sólo quedasen dos equipos, la gran final: el campeonato estatal de Arizona. Glendale, el equipo contra el que habíamos perdido, recibía una especial atención teñida de resentimiento y un tanto masoquista por nuestra parte: escribíamos sus resultados con números de un metro de largo, ya que seguían ganando y clasificándose para los *play off*.

Mientras, Stargirl se preparaba para su propio campeonato, el concurso de oratoria. Como ganadora de la Escuela Preparatoria de Mica, se había clasificado para la Competición del Distrito del «parloteo», como lo llamaba el *Times*. Finalmente se celebró en el auditorio de la escuela de Red Rock, y quién lo iba a decir, también lo ganó Stargirl. A continuación, las finales de Phoenix, el tercer viernes de abril.

En clase, cuando se anunció la victoria de Stargirl en las del distrito, estuve a punto de vitorear, pero me contuve. Varias personas abuchearon.

Para prepararse para las finales, Stargirl practicaba conmigo; normalmente, ensayábamos en el desierto. No se apuntaba nada, ni parecía aprenderse los discursos de memoria. Cada discurso era diferente.

Parecía que introducía cosas nuevas a medida que se le iban ocurriendo. Combinaba las palabras con tal maestría que no parecía para nada un discurso, sino la voz de una criatura de la naturaleza, tan natural como el aullido de un coyote a medianoche.

Yo me sentaba en el suelo con las piernas cruzadas. Cinnamon se sentaba encima de mí. Escuchábamos embelesados, igual que las plantas rodadoras, los cactus, las montañas, todos escuchábamos a la chica de la falda larga. «¡Qué vergüenza que limiten su maravilloso espectáculo a una franja horaria y a un auditorio lleno de asientos!», pensaba para mis adentros. En una ocasión, un búho aterrizó misteriosamente sobre un saguaro a menos de tres metros de donde estaba ella hablando. Se quedó allí arriba un buen rato, antes de esconderse en su nido.

Por supuesto, también hacíamos otras cosas. Andábamos, hablábamos, montábamos en bicicleta. Aunque yo tenía carné de conducir, me compré una bicicleta barata de segunda mano para poder montar con ella. A veces era ella la que guiaba, otras guiaba yo. Siempre que podíamos, montábamos el uno al lado del otro.

Ella era como un rayo de sol: brillaba en cada esquina de mi día.

135

Me enseñó a rebelarme. Me enseñó a cuestionarme las cosas. Me enseñó a reír. Mi sentido del humor siempre había estado a la altura del resto, pero dada mi timidez y grado de introversión, lo mostraba poco: en general, simplemente sonreía. En su presencia, echaba la cabeza hacia atrás y por primera vez en mi vida, me reía a carcajadas.

Ella *veía* las cosas. Hasta entonces nunca supe hacerlo, me tiraba del brazo y decía:

—¡Mira!

Yo miraba a mi alrededor, pero no *veía* nada.

—¿Dónde?

—Allí —decía ella señalando algo.

Al principio, yo no veía nada. Podría estar señalando el umbral de una puerta, o a una persona, o al cielo. Pero para mí esas cosas eran tan comunes, tan imperceptibles, que solía registrarlas como «nada». Yo caminaba en un mundo gris de «nadas».

Pero ella se paraba para enseñarme que el umbral de la puerta era azul y que la última vez que pasamos por allí era verde. Parecía que quienquiera que viviese en esa casa cambiaba el color del marco de la puerta varias veces al año.

O me susurraba al oído algo sobre el anciano del centro comercial que llevaba un audífono en la mano, siempre sonriente, y vestía una corbata y un elegante abrigo como si se dirigiera a un sitio especial; luciendo un broche con la bandera de Estados Unidos en la solapa.

O se ponía de rodillas y me tiraba del pantalón para que yo hiciera lo mismo, y me enseñaba como, de un lado a otro de la acera, dos hormigas cargaban la pata de una cucaracha veinte veces más grande que ellas, con el mismo esfuerzo que el de dos hombres cargando un inmenso tronco de un lado a otro de la ciudad.

Después de un tiempo, comencé a mirar mejor. Cuando ella decía «¡Mira!», lograba ver aquello que señalaba con el dedo. Poco después, se convirtió en una especie de concurso: ¿quién lo vería antes? Cuando empecé a decirle «¡Mira!», y le señalaba algo mientras la tiraba de la manga, me sentí tan orgulloso como un niño al que la profesora le ha dado un premio por su buen trabajo.

Pero cuando ella miraba, hacía mucho más que eso: también sentía. Sus ojos estaban directamente conectados con su corazón. La visión del anciano del banco, por ejemplo, la hizo llorar. Las hormigas obreras, la hicieron reír. La puerta que cambiaba de color le produjo tal curiosidad que parecía no poder continuar con su vida hasta que no llamara a esa puerta; y yo tuve que arrastrarla del brazo para que no lo hiciera.

Me contó cómo organizaría el *Periódico de Mica,* si ella fuera la editora. La sección Crimen ocuparía la página número diez, las hormigas, los ancianos, y las puertas ocuparían la primera página. Se inventaba los titulares:

HORMIGAS CARGAN PESO COLOSAL
ATRAVESANDO LAS ÁRIDAS ACERAS

EL MISTERIO DE LA SONRISA:
UN ANCIANO SE QUEDA DORMIDO
EN EL CENTRO COMERCIAL

UNA PUERTA PIDE A GRITOS: ¡GOLPÉENME!

Yo le dije que quería ser director de televisión. Ella me replicó que quería repartir comida en un camión plateado.

—¿Eh? —me parecía insólito.

—Ya sabes —argumentó ella—, la gente trabaja durante toda la mañana, y a las doce del mediodía está muerta de hambre. Las secretarias salen de la oficina, los obreros dejan los martillos y los cascos y cuando miran al frente ¡ahí estoy yo! Trabajen donde trabajen, sea cuando sea: ahí estaré yo. Tendré una flota de camiones plateados que irá a todos lados. «La comida viene a ti», ése será mi eslogan. Se pondrán eufóricos al ver mis camiones plateados —hablaba de cómo bajaría los laterales del camión y la gente prácticamente se desmayaría ante los maravillosos olores. Comida caliente y fría, china, italiana, de todo tipo. Hasta un bufé de ensaladas—. No se podrán creer la de comida que cabe en el camión —continuó—. Estén donde estén, en el desierto, las montañas, hasta en las minas, si quieren que vaya con mi camión plateado, iré. Encontraré la forma de llegar.

Yo la acompañaba en sus fantasías. Un día compró una pequeña planta, una violeta en un tiesto de plástico, que vendían en el supermercado por noventa y nueve centavos.

—¿Para quién es?

—Pues exactamente… no lo sé —dudó—, sólo sé que operan a alguien de la calle Marion, y que cuando vuelva le vendrá bien tener un regalito de «Mejórate».

—¿Cómo te enteras de este tipo de cosas? —no daba crédito.

Me sonrió maliciosamente antes de contestar.

—Tengo mis recursos.

Fuimos a la casa de la calle Marion. Sacó un manojo de lazos de la cesta de detrás del asiento de la bicicleta. Escogió uno violeta pálido que hacía juego con las diminutas flores y lo ató alrededor del tiesto. Le sostuve la bici mientras ella dejaba la planta enfrente de la puerta principal.

Nos subimos de nuevo a las bicis, y le pregunté:

—¿Por qué no dejas una notita o algo que indique tu nombre?

—¿Por qué debería? —la pregunta pareció sorprenderle.

Pero yo me sorprendí todavía más por la suya.

—Pues, no lo sé —respondí—, simplemente la gente hace las cosas así. Es lo que esperan cuando reciben un regalo, saber de quién viene.

—¿Pero acaso es importante saber de quién viene?

—Sí, supongo que sí.

Nunca completé ese pensamiento. Pegué un frenazo y las ruedas de la bici temblaron. Ella paró un poco más adelante. Deshizo el camino. Me miró.

—Leo, ¿qué pasa?

Sonreí. La señalé con el dedo:

—¡¿Fuiste tú?! —le dije.

—Yo ¿qué?

—Hace dos años. En mi cumpleaños, me encontré un paquete delante de la puerta de mi casa. Dentro había una corbata con puercoespines. Nunca averigüé quién me la había regalado.

Caminamos con la bici a cuestas, el uno al lado del otro. Ella sonrió y dijo:

—Misterio.

—¿De dónde la sacaste? —necesitaba saberlo.

—No la saqué de ningún lado. Le pedí a mi madre que me la hiciera.

Parecía no querer ahondar en el tema. Comenzó a pedalear y emprendimos camino de nuevo.

—¿De qué hablábamos antes? —me preguntó.

—De que te tengan en cuenta —le recordé.

—¿Y qué decíamos?

—Que está bien que te tengan en cuenta.

Los radios de la rueda trasera de su bici asomaban por debajo de su larga falda. Parecía una fotografía de hace cien años. Giró sus enormes ojos hacia mí, y dijo:

—¿Ah, sí?

Los fines de semana después de cenar, solíamos enviar violetas, globos con la palabra «¡Felicidades!» y tarjetas con mensajes de lo más variopintos. Stargirl no era una gran artista, aun así, le gustaba hacer las tarjetas a mano. Dibujaba las personas a base de palitos y las chicas llevaban siempre falda y dos colas de caballo. Sus tarjetas nunca se confundirían con una de Hallmark,[13] pero nunca he visto tarjetas tan sentidas, como las que hace un niño para Navidad. Nunca escribía su nombre.

Un día, después de mucho insistir, me contó cómo averiguaba lo que pasaba en la vida de la gente. Leía el periódico todos los días. No leía los titulares de la primera página, ni los de deportes, ni los comics, ni la programación de la televisión, ni los cotilleos de Hollywood; leía lo que la mayoría de la gente se salta: las partes sin título y sin fotos, las partes escondidas del periódico, las esquelas, los cumpleaños y las bodas, las fichas de la policía, el calendario de

---

[13] Franquicia estadounidense conocida por tener tarjetas con todos los mensajes

próximos acontecimientos. Pero, sobre todo, leía los artículos de relleno.

—¡Me encantan los artículos de relleno! —exclamó.

—¿Qué son los artículos de relleno? —le pregunté.

Me explicó que los artículos de relleno son sucesos sin la suficiente importancia para considerarse historia o para llevar un titular. Que nunca ocupan más de una columna, ni más de cuatro centímetros de largo y que normalmente, están en la parte de abajo de las páginas interiores, donde casi nadie mira. Que si los editores pudieran evitarlo, no pondrían artículos de relleno, pero que a menudo los periodistas no escriben suficientes palabras y el artículo no llega hasta el final de la página. El papel no puede quedarse en blanco, así que el editor mete un artículo de relleno que no tiene que ser necesariamente una noticia, ni hace falta que sea importante, ni siquiera se espera que alguien lo lea. Todo lo que se espera es que ocupe espacio.

Un artículo de relleno puede venir de cualquier lado y tratar cualquier tema, como por ejemplo, cuántos kilos de arroz come un chino a lo largo de su vida; o hablar de las cucarachas de Sumatra; o incluso puede hablar de algo que ha sucedido a la vuelta de la esquina. Puede anunciar que el gato de Menganito ha desaparecido o que Fulanito colecciona antigüedades.

—Inspecciono los artículos de relleno como un buscador de oro en un río.

—¿Así que era eso? —dije—, ¿leyendo los periódicos?

—No —respondió—, eso no es todo. También está la peluquería donde me corto el pelo. Ahí siempre me entero de cosas interesantes y por supuesto, también están los tablones de anuncios. ¿Te haces una idea de cuántos tablones de anuncios hay en la ciudad?

—Claro —respondí burlón—, los cuento todos los días.

—Igual que yo —dijo ella en serio—, hasta ahora, voy por cuarenta y uno.

En ese momento, no se me ocurría ni uno, excepto el correcaminos de la escuela.

—¿Qué tipo de información sacas de los tablones de anuncios?

—Pues... que alguien acaba de abrir un negocio, que alguien ha perdido un perro, que alguien necesita compañía...

—¿Quién pone que necesita compañía? ¿Quién puede estar tan desesperado?

—Gente que está sola —respondió—. Gente mayor que necesita a alguien para charlar un rato.

Me imaginé a Stargirl sentada en una habitación oscura con una anciana. No me podía imaginar a mí mismo en una situación parecida. A veces, me daba la impresión de que estábamos lejos el uno del otro.

En ese momento pasamos por delante de Pisa Pizza.

—Allí hay un tablón de anuncios —dijo.

Situado junto a la puerta, estaba a rebosar de tarjetas de visita y anuncios. Señalé una que decía: «Trabajos extraños, llama a este teléfono y pregunta por Mike».

—¿Y este anuncio qué te dice? —dije retándola con la pregunta, quizá más de lo que pretendía.

Lo leyó.

—Bueno, podría ser que Mike ha perdido su trabajo habitual, y no encuentra otro. Se está anunciando. O a lo mejor tiene un trabajo que no le da para llegar a fin de mes. También me dice que es un chapucero o que no se puede permitir un papel más grande, porque éste es una porquería.

—Entonces ¿qué harías por él? —pregunté.

—Pues no lo sé, a lo mejor mis padres necesitan que alguien les haga algún trabajo extraño, o a lo mejor a mí se me ocurre algo que encargarle. Si no, siempre le puedo mandar una tarjeta.

—¿Qué tipo de tarjeta le enviarías?

—Una tarjeta para que mantenga la frente bien alta —me dio un codazo—. ¿Quieres que juguemos a las tarjetas?

No sé por qué, supuse que no se refería precisamente a las tarjetas del fútbol.

—Claro —respondí.

Dijo que era un juego que se había inventado ella.

—Todo lo que necesitas son tus ojos y a otra persona. Elijo una persona de la calle, o del centro comercial, o de una tienda, o de cualquier lado y la sigo. Pongamos que es una mujer. La sigo durante un cuarto de hora, ni un minuto más. Me cronometro. El juego consiste en que después de observarla durante esos quince minutos, tengo que averiguar qué tipo de tarjeta necesita.

—Pero ¿cómo se la envías si ni siquiera sabes dónde vive?

—Cierto. No se la envío, ahí termina la historia, por eso es un juego. Sólo es para divertirse —se acurrucó contra mí y me susurró al oído—, vamos a jugar.

—Vale.

Dijo que necesitábamos un centro comercial. Normalmente intentaba mantenernos alejados del centro comercial de Mica, había demasiados chicos de la EPM. Nos desplazamos unos veinte kilómetros para ir al centro comercial de Redstone. Era sábado por la tarde.

Elegimos a una mujer. Llevaba una falda verde lima y sandalias blancas. Pensamos que tendría unos cuarenta años. Estaba comprando *pretzels*[14] en una panadería. Llevaba el *pretzel* en una pequeña bolsa blanca de papel. La seguimos hasta un videoclub. Oímos que preguntaba por *Cuando Harry conoció a Sally*, pero no la tenían. Pasó delante de una tienda de decoración y siguió andando; luego cambió de opinión y entró. Merodeó por la tienda tocando los

---

[14] Galletas saladas de origen alemán

objetos con las yemas de los dedos. Se paró delante de las vajillas. Tomó un plato con un dibujo de un café parisino.

—Van Gogh —susurró Stargirl.

La mujer parecía estar pensando en el plato. Incluso lo miró de cerca, y lo rodeó con las dos manos, como si estuviera sintiendo sus vibraciones. Después lo dejó y salió. Fue a una tienda de lencería y ropa de cama. Me sentí un tanto incómodo espiando detrás de una estantería llena de ropa íntima con encajes. La mujer estaba curioseando entre los camisones de noche cuando se agotó el tiempo.

Stargirl y yo intercambiamos opiniones en el pasillo.

—Bueno —preguntó—, ¿qué piensas?

—Que me siento como un espía —respondí.

—Un buen espía —comentó.

—Bueno, tú primero —dije.

—Vale. Está divorciada y sola. No lleva anillo de boda. Le gustaría tener a alguien y llevar una vida casera. Le gustaría ser Sally y que apareciera Harry. Le gustaría preparar la comida y acurrucarse contra él toda la noche. Intenta comer alimentos bajos en calorías. Trabaja en una agencia de viajes. El año pasado se hizo un crucero gratis, pero todos los hombres que conoció a bordo del barco eran un desastre. Se llama Clarisa, en la escuela tocaba el clarinete y su jabón preferido es de lilas.

Me quedé pasmado.

—¿Cómo sabes todo eso?—pregunté.

Se puso el dedo en los labios.

—Hmmm... a Clarisa le regalaría una tarjeta que diga «Mientras esperas a Harry, sé buena contigo misma». ¿Y tú?

—Yo le enviaría... —medité bien mis palabras— una tarjeta que diga: «No dejes que Harry te pille tirando pelotillas».

Ahora fue ella la que se quedó pasmada.

—¿¡Eeehhh!?

—¿No la has visto meterse el dedo en la nariz? —dije—, ¿en el videoclub?

—La verdad es que no. Vi cómo se acercó la mano a la nariz como si se estuviera rascando o algo así.

—Sí, algo así. Se estaba metiendo el dedo en la nariz, eso es lo que hacía. Fue rápida y concisa. Una verdadera profesional.

—¡Estás de broma! —me dijo dándome un empujón juguetón.

—¡Te lo digo en serio! —dije haciendo aspavientos—. Estaba en la sección de Humor del videoclub, se metió el dedo en la nariz, y cuando se lo sacó tenía algo pegado. Lo llevó colgado durante un minuto y después, justo cuando estaba saliendo, debió de pensar que nadie la veía y tiró la pelotilla. No sé dónde aterrizó —me miró fijamente. Levanté la mano derecha y me puse la izquierda sobre el corazón—. Te lo juro.

Estalló en una carcajada tan escandalosa que me dio vergüenza. Se agarró a mi brazo con las dos manos para no caerse. La gente se nos quedaba mirando.

Jugamos con dos personas más aquel día: una mujer que se pasó los quince minutos manoseando chaquetas de cuero, a la que llamamos Betty y un hombre al que llamamos Adán por la enorme nuez de su garganta,[15] que bautizamos como la «Calabaza de Adán». No hubo ningún otro mocoso.

La pasé muy bien. No sé si fue por el juego o simplemente por estar con ella. Lo único que sé es que me sorprendió lo cerca que me sentí de Clarissa, de Betty y de Adán después de observarlos durante quince minutos. Stargirl se pasó el día entero gastando dinero. Con las monedas, parecía Papá Noel: un centavo aquí, una de cinco allá. Las tiraba por la acera, o las dejaba encima de los bancos, incluso monedas de veinticinco centavos.

—Odio las monedas, me estorban.

—¿Te has dado cuenta de todo el dinero que malgastas al cabo del año? —le dije.

—¿Has visto alguna vez la cara de un niño al descubrir un centavo tirado en el suelo? —me respondió.

Cuando ya no le quedaba ni un centavo en el monedero, volvimos a Mica. Por el camino me invitó a cenar a su casa.

---

[15] La nuez de la garganta en inglés es Adam's Apple, literalmente la «Manzana de Adán».

Archie me había asegurado que los Caraway eran gente normal, pero yo no podía acabar de creerme que Stargirl viniera de una familia corriente. Creo que esperaba encontrar a su madre con una falda larga y una flor prendida en el pelo y a su padre con la cara enmarcada en unas inmensas patillas diciendo «genial» y «suave». Imaginaba la casa llena de pósters de los Greatful Dead[16] y lámparas psicodélicas y de ambiente hippie, con reminiscencias de los sesenta del tipo «haz el amor y no la guerra».

Pero me equivocaba. Su madre llevaba unos pantalones cortos y una camiseta de tirantes. Estaba sentada en la máquina de coser con los pies descalzos. Confeccionaba un traje de paisano ruso para una obra de teatro que se iba a estrenar en Denver. El Sr. Caraway estaba subido a una escalera en el jardín, pintando los marcos de las ventanas. No tenía esas inmensas patillas, de hecho, tenía más bien poco pelo. La casa era como cualquier otra: muebles brillantes,

[16] Grupo musical emblemático de la época hippie estadounidense.

alfombras sobre suelos de madera noble con un ligero toque sureño… nada que me diera la satisfacción de decir «Lo sabía, viene de tal o cual sitio».

Me pasó lo mismo con la habitación de Stargirl: si no fuera por el pequeño apartamento improvisado para Cinnamon en una esquina de la habitación, podría ser el cuarto de cualquier chica de la escuela. Me quedé en el marco de la puerta.

—¿Qué? —me preguntó.

—Me sorprende —dije.

—¿El qué?

—Me imaginaba tu habitación de otra forma.

—¿Cómo de otra forma?

—No sé, más... más tú.

—¿Repleta de artículos de relleno? ¿Una sala de operaciones de tarjetas? —dijo sonriendo.

—Algo así.

—Así está mi oficina —dijo soltando a Cinnamon que correteó hasta meterse debajo de su cama—. Pero ésta es mi habitación.

—¿Tienes una oficina?

—Sí —metió el pie debajo de la cama, cuando lo sacó, Cinnamon estaba a bordo—, quería tener un sitio para mí sola, donde pudiera trabajar. Así que lo conseguí —Cinnamon salió disparado de la habitación.

—¿Dónde está? —pregunté.

—Secreto —dijo poniéndose los dedos en los labios.

—Me juego el cuello a que sé quién lo sabe.

Arqueó las cejas.

—Archie —dije.

Sonrió.

—Me ha hablado de ti —le dije—, le gustas.

—Para mí Archie lo es todo —dijo—, es como si fuera mi abuelo.

Durante mi inspección vi dos cosas curiosas. Una fue un recipiente de madera medio lleno de pelo color arena.

—¿Es tuyo? —le pregunté.

—Es para los pajaritos que estén haciéndose nidos —me explicó—. Cuando llega la primavera lo saco al alféizar de la ventana. Lo hago desde chiquitita. El negocio me iba mejor en el norte que aquí.

La segunda cosa que me llamó la atención fue un vagón diminuto, del tamaño de mi puño, que estaba en una estantería. Era de madera y parecía un juguete antiguo. Estaba cargado de piedras pero también había varias fuera.

—¿Haces colección de piedras, o qué? —dije señalándolas.

—Es el camión de mi felicidad. En realidad, también podría llamarlo el camión de mi infelicidad, pero me gusta más felicidad.

—¿Y cómo funciona? —pregunté.

—Muestra cómo me siento. Cuando algo me hace feliz pongo una piedra en el vagón, cuando estoy triste, la quito. En total hay veinte piedras.

Vi que quedaban tres en la estantería.

—Así que hay diecisiete en el vagón ahora mismo.

—Sí.

—¿Significa eso que eres bastante feliz?

—Sí.

—¿Cuántas piedras has llegado a tener en el vagón?

Me sonrió con picardía.

—Las que estás viendo.

Dejó de parecerme un simple montón de piedras.

—Normalmente —dijo— está más equilibrado, diez dentro y diez fuera, más o menos. Sube y baja, como la vida misma.

—¿Cómo de vacío ha llegado a estar? —pregunté.

—Pues… —miró al techo y cerró los ojos—, en una ocasión me quedé con tres.

—¿De verdad? ¿Tú? —no me lo podía creer.

Se quedó mirándome.

—Sí, yo, ¿qué pasa?

—No pareces el tipo de persona…

—¿Qué tipo de persona es ése?

—No sé… —intenté buscar las palabras adecuadas.

—¿El tipo de persona de las tres piedras? —propuso.

Me encogí de hombros.

Agarró una de las piedras que estaban en la estantería, sonrió y la metió en el vagón.

—Bueno, a partir de ahora puedes llamarme Srta. Impredecible.

Cené con su familia. Tres de nosotros comimos carne asada. La cuarta (¡adivina quién!) era completamente vegetariana y comió queso de soja.

Sus padres la llamaban Stargirl o Star a secas, como si se tratara de un nombre tan corriente como Jennifer.

Después de cenar nos sentamos en las escaleras de la entrada de su casa. Sacó su cámara de fotos. Había dos niñas y un niño jugando al otro lado de la calle. Les hizo varias fotos.

—¿Para qué les haces fotos? —le pregunté.

—¿Has visto al niño de la gorra roja? —dijo—. Se llama Peter Sinkowitz, tiene cinco años. Estoy haciendo una especie de biografía suya.

Por décima vez en lo que iba de día, me había vuelto a pillar desprevenido.

—¿¡Una biografía!? —Peter Sinkowitz conducía calle abajo un plátano de plástico de cuatro ruedas, las otras dos niñas, corrían y gritaban detrás de él—. ¿Para qué quieres una biografía suya?

Hizo una foto.

—¿No te gustaría que así, sin más, hoy se te acercara alguien con un libro que se titule «La vida de Leo Borlock»? ¿Una especie de memorias o de diario de lo que hiciste no sé qué día, cuando eras pequeño? ¿De aquellos días de los que ya ni te acuerdas? Con fotos o incluso objetos que perdiste o tiraste como si fueran envoltorios de caramelo y que resulte que está hecho por tu vecino de enfrente. ¿No crees que cuando tengas cincuenta o

153

sesenta años pagarías una fortuna por tener algo así?

Pensé en ello. Hacía seis años que tenía diez, parecía que había pasado un siglo. Tenía razón en una cosa: no recordaba mucho de aquella época, aunque la verdad es que tampoco me importaba.

—No —me sinceré—, no creo. Además, ¿no crees que eso ya lo estarán haciendo sus padres? Tendrán un álbum familiar, ¿no?

Una de las niñas consiguió arrebatarle el plátano de cuatro ruedas a Peter Sinkowitz. Peter se puso a llorar.

—Seguro que sí —respondió mientras hacía otra foto—, pero son fotos preparadas, están posando. No son tan espontáneas como éstas. Algún día se alegrará de tener esta foto en la que sale llorando porque una niña le ha quitado su juguete. No es que lo siga, como seguimos a Clarissa en el centro comercial, simplemente lo observo. Un par de veces por semana escribo lo que lo vi hacer ese día. Lo haré durante dos años más. Después se lo daré a sus padres o a él cuando sea mayor y pueda apreciarlo.

Me miró intrigada. Me dio un codazo.

—¿Qué pasa? —me dijo.

—¿Eh? —no entendía nada.

—¿Por qué me miras así? ¿Qué te pasa? —me preguntó.

—¿Vas para santa? —me arrepentí de decir esas palabras tan pronto como salieron de mis labios. Me miró dolida—. Perdona —me disculpé—, no quería resultar impertinente.

154

—¿Qué pretendías resultar?

—Sorprendido, supongo —respondí.

—¿Qué te sorprende tanto?

—¿Tú qué crees? —me reí—. Tú me sorprendes —volví a reírme y me puse de pie frente a ella—. Mírate. Es sábado. Hemos pasado el día juntos, tú no has dejado de hacer cosas por el resto de la gente, observándolos, siguiéndolos o haciéndoles fotos.

Me miró. Ya no había dolor en sus ojos, pero sí sorpresa. Parpadeó.

—¿Y?

—Pues… no sé lo que te estaba diciendo.

—Parece que estás intentando decir que estoy obsesionada con la gente, es eso, ¿no?

Quizá era por el ángulo desde el que los veía, pero sus inmensos ojos mirándome parecían más grandes que nunca. Tuve que hacer un esfuerzo para no perder el equilibrio y caerme dentro de ellos.

—Eres diferente, eso sin duda.

Me puso ojitos y sonrió coqueta.

—¿No te gustan los diferentes?

—Por supuesto que sí —respondí, quizá demasiado deprisa.

Me miró como si acabara de caer en la cuenta y se le iluminó la cara. Me dio una patadita en el pie.

—Ya sé cuál es tu problema.

—¿Ah sí? —respondí—, ¿cuál?

—Estás celoso y enojado porque presto más atención a los demás que a ti.

—Claro —dije haciendo que lloraba—, estoy celoso de Peter Sinkowitz.

Se puso de pie.

—Me quieres sólo para ti, ¿verdad?

Se acercó a mí. Las puntas de nuestras narices se rozaron.

—¿Verdad, Sr. Borlock? —me abrazó.

Estábamos en la acera enfrente de su casa, a plena vista.

—¿Qué haces? —le dije.

—Te estoy prestando atención —susurró—, ¿no quieres un poco de atención?

—No sé —me oí decir.

—Eres tonto —me dijo al oído.

—¿Ah sí?

—Sí. ¿Por qué crees que hay dieciocho piedras en mi vagón?

Entonces, el pequeño hueco que quedaba entre sus labios y los míos desapareció y en ese mismo lugar, en Palo Verde, después de cenar, me precipité en sus ojos. Todo lo que puedo decir es que no había ni un pelo de santa en aquel beso.

Esos días fueron los mejores, cuando estábamos juntos y solos, después de la escuela. Dábamos largos paseos por la ciudad y por el desierto y a menudo íbamos a su lugar encantado. Nos sentábamos en los bancos de los parques y la gente nos miraba. Yo le enseñé a disfrutar de los batidos de fresa y plátano. La llevaba en la furgoneta a Redrock y Glendale. Los fines de semana íbamos a ver a Archie. En su porche, hablábamos de miles de cosas, nos moríamos de risa y comíamos pizza rodeados del humo de su pipa. Stargirl le enseñó al Sr. Saguaro el discurso que tenía preparado para el concurso de oratoria. Nunca hablamos de cómo nos marginaba el resto de nuestros compañeros en la escuela. Me encantaban los fines de semana.

Pero después del domingo siempre venía el lunes.

Y por aquel entonces, sin lugar a dudas, también me marginaban a mí. No era tan evidente como hacia ella, pero era patente. Lo veía en los ojos que me esquivaban, las espaldas que se giraban, los susurros que oía a mi alrededor. Luché contra ello. Intenté ver hasta qué punto llegaba. En el patio, entre clase y clase, en el comedor, llamaba a alguien solamente para saber si me respondía. Cuando alguien se giraba y asentía, se lo agradecía. Si alguien se dirigía a mí por iniciativa propia, me entraban ganas de llorar. Antes, nunca me había dado cuenta de lo mucho que necesitaba la atención de la gente para reafirmarme.

Me decía a mí mismo que la marginación resultaba más dolorosa para mí que para Stargirl. Ella estaba demasiado ocupada siendo ella como para darse cuenta de que la marginaban; y de hecho, seguía cantando *Cumpleaños feliz* a la gente, decorando su mesa, y repartiendo su alegría. Me decía a mí mismo que incluso si ella se diera cuenta, no le importaría.

Comprendí por qué me estaba pasando esto a mí. Para los ojos de los otros estudiantes, ella era parte de mi identidad, yo era su «novio», yo era el Sr. Stargirl.

Los estudiantes comentaban (no a mí, no directamente, pero hablaban lo suficientemente alto para que los oyera, simulando que ignoraban mi presencia) que Stargirl era vanidosa, que siempre quería ser el centro de atención, que iba de santa y que se creía mejor que los demás. Yo sólo pensaba «Tierra trágame». Decían que lo único que quería era que los demás se sintieran culpables por no ser tan buenos y maravillosos como ella. Decían que era una falsa. Pero sobre todo, decían que ella era la culpable de que Los Electrones no fueran a llegar a los regionales. Kevin no se equivocó: cuando empezó a animar a los otros equipos, perjudicó a Los Electrones. El equipo se desmoralizó hasta tal punto al ver a uno de los suyos animando al equipo contrario que ni con horas y horas de entrenamiento podrían haberlo superado. La gota que colmó el vaso (todo el mundo parecía estar de acuerdo) fue el partido contra el Sun Valley, cuando Stargirl cruzó la cancha a toda velocidad para socorrer a Kovac, el héroe del equipo contrario. Todo esto lo corroboró nuestro propio héroe, Ardsley, afirmando que cuando vio a una porrista de Mica consolando al enemigo el corazón le dio un vuelco. Ella tuvo la culpa de que el Glendale nos diera una paliza. La odiaban por eso y nunca se lo perdonarían.

Al contrario que Stargirl, yo era perfectamente consciente de la rabia que sentían nuestros compañeros hacia nosotros, les hervía la sangre. De hecho, no sólo era consciente, sino que a veces compartía su punto de vista. Había momentos en los que algo escondido dentro de mí me decía, no sólo que los entendía, sino que estaba de acuerdo. Pero luego venía Stargirl, me sonreía, me perdía en sus ojos y los malos momentos desaparecían.

Veía, oía, entendía, sufría, pero ¿por quién demonios estaba sufriendo? No dejaba de pensar en la pregunta del Sr. Saguaro: «¿Qué cariño aprecias más, el de ella o el de los demás?».

Me enfadé. No me gustaba tener que elegir. Me negué a elegir. Imaginé mi vida sin ella, y sin ellos, y de ninguna de las dos formas me gustó. Intenté pensar que no siempre sería así. Por la noche, inmerso

en la mágica luz de la luna, imaginaba que ella se acabaría pareciendo más a ellos, y ellos, más a ella, y al
final, podría tener las dos cosas.

Entonces Stargirl hizo algo que provocó que
mis sueños se desvanecieran.

«Correcaminos.»

Nadie me lo dijo a mí directamente, pero no dejé de oírlo desde que llegué a la escuela aquel día, mucho después del beso en la acera. Más que hablar sobre ello, parecía que lo dejaban caer en mi presencia.

«Correcaminos.»

¿Había algo en el correcaminos que debía leer?

A tercera hora no tenía clase, así que me pasaría a echarle un vistazo al correcaminos. Antes, a segunda hora, tenía clase de español. Según iba hacia mi sitio, miré por la ventana que daba al patio. Había algo escrito en el correcaminos y no me hacía falta salir para leerlo. Lo podía leer desde la clase, de hecho, lo podría haber leído desde un avión: un papel blanco (¡no, era una sábana!) cubría el correcaminos. En él, pintado en rojo y a grandes trazos, había un corazón enmarcando las siguientes palabras:

STARGIRL
AMA A
LEO

¿Lo hizo? Parece que sí. Mi primera reacción fue pedirle a la profesora de español que se acercara y decirle «¡Mira, me quiere!». La segunda, fue salir escopetado para quitar la sábana de ahí. Hasta ese momento nunca había sido víctima de sus extravagancias públicas. Sentí una repentina complicidad con Hillari Kimble: entendí por qué le había pedido a Stargirl que no le cantara *Cumpleaños feliz*. Me sentí como el actor principal de un escenario vacío.

No pude concentrarme haciendo los deberes, ni en ninguna otra cosa. Estaba hecho un lío.

Ese mismo día, me dio miedo mirarla a los ojos en el comedor. Tenía algo a mi favor: todavía nunca había tenido el valor de sentarme a comer con ella. Le di conversación a Kevin durante todo el almuerzo. Sentía su presencia y sus ojos, tres mesas más allá, a la izquierda. Sabía que estaba sentada con Dori Dilson, la única amiga que no la había abandonado. Sentía su mirada acariciándome la nuca. Sin querer, me giré hacia ella y ahí estaba: sonriendo y saludándome abiertamente, (y ¡dios mío!) lanzándome un beso. Volví la cabeza bruscamente hacia Kevin y lo saqué a rastras del comedor.

Cuando miré de nuevo hacia el patio, vi que alguien había arrancado la sábana. Las cuatro esquinas colgaban todavía de las chinchetas del correcaminos.

Logré evitarla durante el resto del día, tomando caminos alternativos a los habituales entre clase y clase. Pero al salir de la escuela me encontró; yo intenté esquivarla, pero vino gritando hacia mí.

—¡Leo! ¡Leo!

Llegó sin aliento, pletórica, los ojos le brilla-ban por el sol.

—¿Lo has visto?

Asentí. Seguí andando.

—¿Y? —iba a mi lado pegando brincos, gol-peándome en el hombro—. ¿Y? ¿Qué te ha parecido?

¿Qué podía decir? No quería herir sus senti-mientos, así que me encogí de hombros.

—¡Guau! ¡¿Tan impresionado estás?! —me estaba haciendo burla. Se acercó el bolso y sacó al ratón—. A lo mejor le da vergüenza, Cinnamon. A lo mejor te cuenta a ti después lo mucho que le gustó ver el mensaje —me puso a Cinnamon sobre el hombro.

Pegué un grito. Lo tiré al suelo de un manotazo.

Lo recogió del suelo y lo acarició sin dejar de mirarme atónita. No podía mirarla a los ojos. Me di la vuelta y seguí caminando solo.

—Supongo que hoy no te apetece escuchar mi discurso de oratoria, ¿verdad? —dijo.

No contesté, ni siquiera miré hacia atrás.

Al día siguiente me di cuenta de las conse-cuencias de lo de la sábana. Si me parecía que ya había sufrido suficiente con el tratamiento del silencio de Stargirl, me equivocaba: eso no había sido nada comparado con lo que se me venía encima.

Por supuesto, Kevin (afortunadamente), me seguía hablando. Alguno que otro amigo también. Sin embargo, el resto era silencio, un segundo desierto impuesto, añadido al que ya habitábamos, donde un «hola» era tan poco frecuente como una gota de lluvia. Por la mañana, antes de que sonara el primer timbre, fui al patio de la escuela. La gente pasaba altiva a mi lado, llamándose los unos a los otros; pero no a mí. Me cerraban las puertas en las narices, se reían, se divertían. Pasaban por encima de mi cabeza como si fueran cohetes. Una mañana que tenía que hacerle un mandado a una profesora, vi a un chico llamado Renshaw en el patio. Apenas conocía a ese chico, pero en ese momento estábamos solos en el patio y sentí la necesidad de poner la carne en el asador.

—¡Renshaw! —grité. No había ninguna otra voz en el patio más que la mía—. ¡Renshaw! —no se dio la vuelta. No se inmutó. No aminoró el paso. Siguió alejándose de mí, abrió una puerta y se fue.

«Bueno ¿y qué? —no dejaba de repetirme—, ¿qué más te da? ¡No has hablado con él en tu vida! ¿A ti qué te importa Renshaw?».

Pero sí que me importaba. No podía evitar que me importara. En ese momento, lo que más quería en el mundo era que Renshaw me saludara. Le pedí a Dios que de repente se abriera la puerta y allí estuviera Renshaw diciendo «Perdona Borlock, no te había oído, ¿qué querías?». Pero la puerta no se abrió, y supe lo que era sentirse invisible.

—Soy invisible —le dije a Kevin en el comedor—. Nadie me oye. Nadie me ve. ¡Soy el maldito hombre invisible!

Kevin se limitó a mirar su almuerzo y a mover la cabeza con gesto admonitorio.

—¿Cuánto tiempo va a durar esto? —le pregunté.

Se encogió de hombros.

—¿Qué es lo que he hecho?

Estaba hablando más alto de la cuenta.

Masticó, me miró y al final dijo:

—Ya sabes lo que has hecho.

Lo miré como si estuviera loco, como si no tuviera ni idea de lo que hablaba. Pero por supuesto, tenía razón. Yo sabía perfectamente lo que había hecho, había asociado mi nombre al de una chica que caía mal. Ése era mi crimen.

Los días pasaban y yo seguía evitando a Stargirl. Quería tenerla, pero también quería tenerlos a ellos. Parecía imposible tenerlos a ambos, así que no hice nada. Corrí y me escondí.

Ella no se daba por vencida. Siempre acababa encontrándome. Un día, al salir de clase, me pilló en el estudio de televisión. Sentí unos dedos que se deslizaban sobre mi nuca, agarrándome del collar, tirándome hacia atrás. El equipo no me quitó ojo.

—Sr. Borlock —le oí decir—, tenemos que hablar.

Algo en su voz me dijo que no estaba sonriendo. Me soltó el collar. La seguí fuera de la habitación. Una parejita sentada en un banco debajo de una palmera cuchicheaba en el patio. Se fueron en cuanto nos vieron, así que nos sentamos allí.

—Bueno, ¿así que quieres que lo dejemos?

—No, yo no quiero —respondí.

—Entonces ¿por qué te escondes de mí?

Me forcé a mirarla, a hablarle. Conseguí sacar fuerzas de flaqueza.

—Hay algo que tiene que cambiar —dije—, es lo único que sé.

—¿Quieres decir como cambiar de ropa, o cambiar una rueda? ¿Bastaría con que cambiara la rueda de mi bicicleta?

—¡Qué graciosa! Sabes perfectamente a lo que me refiero.

Estaba triste, se puso seria.

—La gente no me habla —la miré, quería que le quedara bien claro—, la gente que conozco desde que me mudé aquí no me habla. No me ve.

Estiró el brazo y con la yema de los dedos rozó levemente mi mano. Se veía la tristeza en sus ojos.

—Siento que la gente no te vea. No es muy divertido que no te vean, ¿no?

Quité la mano.

—Cuéntamelo tú. ¿No te molesta que no te hablen? —era la primera vez que hablaba con ella abiertamente del tema.

—Dori me habla —sonrió—. Tú me hablas. Archie me habla. Mi familia me habla. Cinnamon me habla. El Sr. Saguaro me habla. Yo me hablo —inclinó la cabeza y me miró, esperando ver una sonrisa que no le di.

—¿Vas a dejar de hablarme? —me preguntó.

—Ésa no es la cuestión.

—¿Y cuál es la cuestión?

—La cuestión es… —intenté leer su mente—, ¿a ti qué te hace reaccionar?

167

—¿Qué pasa, que ahora crees que soy un turbopropulsor?

—¿Ves? No se puede hablar contigo —dije dándome la vuelta—, todo es una broma.

Sujetó mi cara entre sus manos y me giró hacia ella. Recé porque no hubiera nadie mirando por las ventanas.

—Dale, vamos a hablar en serio. Adelante, pregúntame otra vez lo de reaccionar, o cualquier otra cosa, lo que tú quieras.

—Todo esto no te preocupa, ¿verdad?

No supo qué contestar.

—¿Que no me preocupa? ¡Leo! ¿Cómo puedes decir que no me preocupa? Me has acompañado a sitios, hemos llevado tarjetas y flores, ¡cómo puedes decir…!

—No me refiero a eso. Me refiero a que no te importa lo que piense la gente —repuse.

—Me importa lo que pienses tú. Me importa.

—Lo sé, sé que te importa lo que piensen Cinnamon y el Sr. Saguaro. Pero te estoy hablando de la gente de la escuela, la gente de la ciudad. Te estoy hablando de todo el mundo.

Mis últimas palabras parecieron sorprenderla.

—¿¡Todo el mundo!?

—¡Sí! Efectivamente. Parece que no te importa lo que piensa todo el mundo. Parece que no *sabes* lo que piensa todo el mundo. Tú…

—¿Y tú lo sabes? —dijo interrumpiéndome.

Pensé la respuesta.

—Sí, creo que sí lo sé —afirmé resuelto—. Estoy en contacto con la gente, soy uno de ellos, ¿cómo iba a no saberlo?

—¿Y te importa?

—¡Pues claro que me importa! Mira —saludé con el brazo a mi alrededor—, mira lo que está pasando. Nadie nos habla. ¡No te puede dar igual lo que piense la gente! ¡No puedes animar al equipo contrario y esperar que los de tu escuela te quieran por ello! —las palabras que había estado pensando durante semanas salían de mi boca a borbotones—. Kovac… Kovac ¡Dios santo! ¿Por qué hiciste eso?

Ella parecía no dar crédito.

—¿Quién es Kovac?

—Kovac, la estrella del Sun Valley. El que se rompió el tobillo.

Seguía sin dar crédito a mis palabras.

—¿Qué pasa con él?

—¿Que qué pasa con él?… ¿¡Qué pasa contigo!? ¿Qué hacías ahí tirada en el suelo con la cabeza de Kovac en tu regazo?

—Estaba sufriendo —contestó.

—¡Era el *enemigo*! ¡Stargirl! ¡Susan! ¡Lo que sea! ¡El *enemigo*!

Me miró apabullada. Se extrañó cuando dije Susan.

—¡Había mil personas de Sun Valley, tenía el regazo de *su* gente, de sus entrenadores, de sus compañeros, de sus porristas! —lo dije gritando. Me levanté y me alejé. Volví, me incliné hacia ella—. ¿Por qué? —le pregunté—. ¿Por qué no dejaste que se ocupara *su* gente de él?

Me observó durante un buen rato, buscando una explicación en mi cara.

—No lo sé —contestó finalmente con la voz apagada—. No lo pensé. Simplemente lo hice.

Me eché hacia atrás. Tuve la tentación de decir «Pues espero que estés satisfecha porque te odian por eso». Pero no tuve agallas.

Empecé a sentir lástima por ella. Me senté a su lado. Le di la mano. Le sonreí. Hablé con toda la dulzura de la que fui capaz.

—Stargirl, no puedes hacer las cosas así. Si no te hubieras escolarizado en casa durante tanto tiempo lo entenderías. No te puedes despertar cada mañana como si te importara un pepino lo que piense el resto del mundo.

Abrió los ojos como platos, su voz se volvió aguda como la de una niña pequeña.

—¿Ah no?

—No, a menos que quieras ser una ermitaña.

Rozó con el dobladillo de su falda mi zapatilla, como desempolvándola.

—¿Pero cómo puedes saber lo que piensa todo el mundo? A veces ni siquiera sé lo que pienso yo.

—Ni siquiera hace falta pararse a pensarlo, simplemente lo sabes, porque estás en contacto con ellos.

Su bolsa se movió ligeramente. Cinnamon estaba inquietándose. Stargirl empezó a hacer pucheros y estalló en llanto.

—¡Que no estoy en contacto!—se acercó a mí y nos abrazamos en el banco del patio. Caminamos juntos hasta casa.

Dos días más tarde seguíamos hablando de esto. Le expliqué el comportamiento de la gente. Le dije que no podía animar a todo el mundo. Ella preguntó «¿Por qué no?». Le dije que no podía ir al entierro de un completo desconocido, ella preguntó «¿Por qué no?». Le dije que eso, simplemente, no se hacía y ella preguntó «¿Por qué?», yo dije: «Porque no». Le expliqué que había que respetar la intimidad del prójimo, que existía un fenómeno llamado *no ser bienvenido*. Le dije que no a todo el mundo le gusta que le canten *Cumpleaños feliz* con un ukelele. «¿Ah no?», dijo.

Le dije que lo de los grupos es un asunto muy serio. Que probablemente sea algo instintivo que lo podía ver en todos lados, desde pequeños grupos, como una familia, pasando por grupos grandes como una escuela, hasta grupos muy grandes, como un país entero. «¿Y qué me dices de los grupos grandísimos, como los planetas?», me dijo. «Pues hasta los planetas», le respondí. «A lo que voy, es que todo el mundo en un grupo actúa de forma bastante parecida; eso es, digamos, lo que hace que el grupo se mantenga unido.» «¿Todo el mundo?», preguntó ella. «Prácticamente todo el mundo», le respondí. «Por eso existen las cárceles y los manicomios, para mantener esa unión». «¿Piensas que debería estar en la cárcel?», dijo ella. «Pienso que deberías intentar parecerte más al resto del grupo», dije yo.

—¿Por qué?

—Porque…

—¡Dime!

—No es fácil.

—¡Dilo!

—Porque no le caes bien a nadie. Por eso. A nadie.

—¿A nadie? —dijo. Sus ojos me cubrieron como el cielo—. ¿A *nadie*?

Intenté hacer alguna tontería, pero no funcionó.

—Oye —le dije—, no me mires a mí, estamos hablando de *ellos*. Si fuera por mí, no cambiaría nada. Para mí eres perfecta así. Pero no estamos solos, ¿o sí? Vivimos en *su* mundo, nos guste o no.

Así lo hice, hablé de ellos, no de mí. No le dije «hazlo por mí». No le dije «si no lo haces olvídate de mí». En ningún momento dije eso.

Dos días más tarde Stargirl desapareció.

26

Normalmente nos encontrábamos en el patio antes de empezar las clases; pero aquel día no. Normalmente nos cruzábamos por los pasillos entre clase y clase antes de almorzar; pero aquel día no. De hecho, cuando miré la mesa donde se sentaba en el comedor, vi a Dori Dilson, como siempre, pero estaba sentada con otra persona. Stargirl no estaba a la vista.

Cuando salía del comedor oí risas detrás de mí. Después la voz de Stargirl.

—¿Qué hay que hacer aquí para llamar la atención?

Me di la vuelta; no era ella. Vi a una chica de pie, sonriéndome, con vaqueros y sandalias, las uñas pintadas de rojo, pintalabios, los ojos maquillados, anillos en los dedos de las manos y de los pies, pendientes de aro tan grandes que podrían haber sido pulseras, el pelo...

Me quedé pasmado mientras el resto de los estudiantes pasaban de largo. Puso cara de payasa. Empezaba a adoptar un aire familiar.

—¿Stargirl? —pregunté tímidamente.

Pestañeó con dulzura.

—¿Stargirl? ¿Qué tipo de nombre es ése? Me llamo Susan —dijo.

Y de un día para otro, Stargirl había desaparecido, y en su lugar estaba Susan. Susan Julia Caraway. La chica que podría haber sido todo este tiempo.

No podía quitarle ojo. Llevaba los libros entre los brazos, ya no llevaba la bolsa de lona del girasol, ni a Cinnamon, ni el ukelele. Se giró lentamente, para que yo, todavía boquiabierto y embobado, pudiera inspeccionarla. Nada raro, no había nada en ella que destacara. Estaba magnífica, tremenda, milagrosamente normal. Podría ser cualquiera de las chicas de la EPM. Stargirl ya no sobresalía entre ellas y yo estaba encantado. Se metió un chicle en la boca y empezó a mascarlo ruidosamente. Me guiñó un ojo. Me pellizcó la mejilla como solía hacerlo mi abuela y dijo.

—¿Qué pasa, precioso?

La agarré de los brazos, delante de todos los que salían del comedor. No me importaba que me vieran, es más, estaba deseando que me vieran. La abracé. No había estado tan contento y orgulloso en mi vida.

El tiempo pasó sin que nos diéramos cuenta. Íbamos de la mano por los pasillos, por las escaleras, por el patio. Un día la vi en el comedor y la arrastré hasta nuestra mesa. Iba a invitar también a Dori, pero cuando fui a decírselo, ya se había ido. Observé sonriente a Kevin y Susan cuchicheando y cotorreando mientras comían. Bromearon sobre la aparición desastrosa de Susan en *La Silla en Llamas*. Susan propuso que Kevin me entrevistara a mí en el programa, pero él dijo que no, que yo era demasiado tímido. Yo repliqué que eso había cambiado y todos nos reímos.

Y era verdad. Yo ya no andaba, caminaba altivo. Era el novio de Susan Caraway. Yo. ¿En serio? ¿La de las horquillas y los anillos en los pies? ¿Esa Susan Caraway? Sí. Mi novia. Podéis llamarme Sr. Susan.

Comencé a decir *nosotros* en lugar de *yo*. *Iremos* después, o *nos* gustan las fajitas.[17]

Siempre que podía, decía su nombre bien alto, a los cuatro vientos; y cuando no, me lo decía a mí mismo. «Susan… Susan…»

Hacíamos los trabajos de la escuela juntos. Salíamos con Kevin. En lugar de seguir a extraños por la calle, íbamos al cine y nuestras manos se encontraban en los inmensos cuencos de palomitas. En lugar de comprar violetas, comprábamos helados y acabábamos chupándonos los dedos el uno al otro.

Íbamos a Pisa Pizza y pasábamos de largo el tablón de anuncios. Compartíamos las pizzas: mitad de *pepperoni,* mitad de anchoas.

—¡Anchoas! ¡buah! —le dije con cara de asco.

---

[17] Comida típica mexicana que consiste en tortas de maíz rellenas.

—¿Qué les pasa a las anchoas? —me preguntó sorprendida.

—¿Cómo puedes comer anchoas? No le gustan a nadie.

Estaba medio de broma, pero Susan se puso seria.

—¿A nadie?

—A nadie que yo conozca.

Agarró las anchoas de sus porciones y las metió en su vaso de agua.

—¡Pero…! —intenté pararla.

Apartó mi mano. Tiró la última anchoa en el vaso y dijo:

—No quiero ser como nadie.

A la salida, volvimos a pasar de largo el tablón de anuncios.

Estaba loca por ir de compras, era como si acabara de descubrir la ropa. Se compró camisas, pantalones largos y cortos, bisutería y maquillaje. Empecé a darme cuenta de que había algo en común en todo lo que se compraba: todo llevaba la marca claramente a la vista. Parecía no tener en cuenta el color o el estilo de la ropa que se compraba; sólo el tamaño de la etiqueta.

Constantemente me preguntaba qué se compraban, qué decían, qué hacían o qué pensaban otros chicos. Se inventó un personaje ficticio al que bautizó Tomasa Todos.

—¿Crees que esto le gustaría a Tomasa? ¿Tomasa haría eso?

A veces hacía cosas fuera de tono. Durante varios días le dio por reírse escandalosamente. No era una risa normal, eran explosiones. En el comedor, la gente se daba la vuelta para mirarla. Justo cuando reuní el valor para decirle algo, nos miró a Kevin y a mí y preguntó:

—¿Tomasa se reiría tanto?

Kevin esquivó su mirada. Yo negué con la cabeza tímidamente. Dejó de reírse y desde entonces se dedicó a imitar la sonrisa de la típica niña engreída en la edad del pavo.

Todo en ella parecía típico, normal, familiar: la clásica adolescente.

Pero algo no funcionaba.

Al principio no me di cuenta de que seguían marginándonos, aunque tampoco me importaba mucho; estaba demasiado ocupado siendo feliz: Susan era de los nuestros. Lo único que lamentaba era que no podíamos repetir la temporada de baloncesto. Me la imaginaba dirigiendo su energía y su fervor exclusivamente a Los Electrones. Sólo con ella como única porrista podríamos haber ganado el campeonato.

Fue ella la que lo dijo primero.

—Todavía no les caigo bien.

Estábamos fuera del estudio de grabación al salir de clase. Como siempre la gente pasaba a nuestro lado sin prestarnos atención. Le temblaba la voz.

—¿Qué estoy haciendo mal?

Las lágrimas hacían sus ojos aún más grandes.

Le apreté la mano. Le dije que les diera tiempo. Le recordé que la final del campeonato estatal de baloncesto se celebraría en Phoenix este sábado y una vez terminada la temporada sería mucho más fácil que la gente perdonara sus crímenes.

Se le había corrido el rímel. La había visto triste muchas veces, pero siempre por otra persona. Esta vez era distinto, se trataba de ella. Me sentía impotente. No sabía qué hacer para animar a la porrista.

Esa tarde, hicimos juntos los deberes en su casa. Me metí en su habitación a hurtadillas para ver el vagón. Sólo había dos piedras dentro.

Al día siguiente, cuando llegué a la escuela, había algo distinto en los rumores del patio. Los estudiantes pululaban de un lado a otro, unos sin rumbo, otros de grupo en grupo. Cuando me acerqué vi que la zona alrededor de la palmera estaba despejada. Me encaminé hacia esa dirección y a través del gentío vi que alguien (Susan) estaba sentada en el banco erguida y sonriente. En una mano llevaba un palo de medio metro de largo con una especie de garra en la punta. Alrededor del cuello llevaba un cartel colgado de un hilo: «si hablas conmigo, te rasco la espalda». No había ningún voluntario, es más, no había nadie en seis metros a la redonda.

Rápidamente me di la vuelta. Me dirigí hacia el tumulto de la gente. Hice como si estuviera buscando a alguien, como si no hubiera visto nada. Recé para que sonara el timbre.

Esa misma mañana, cuando la vi un poco más tarde, ya no llevaba el cartel puesto. No mencionó nada al respecto; yo tampoco.

A la mañana siguiente, en el patio, se acercó corriendo a mí. Me agarró con ambas manos y me zarandeó.

—¡Todo va a ir bien! ¡Esto se va a acabar! ¡He tenido una visión!

Me la contó. El día anterior, antes de cenar, había estado en su lugar encantado y ahí tuvo la visión. Se vio volviendo victoriosa del concurso estatal de oratoria de Arizona. Se había llevado el primer premio, era la mejor del estado. De vuelta a Mica, todo el mundo la recibía como a una heroína. La escuela entera se había reunido en el estacionamiento para darle la bienvenida, tal y como ocurría en el vídeo que nos habían puesto. Había serpentinas, confeti, la gente silbaba, tiraba cohetes e incluso el alcalde y el concejal del municipio estaban ahí. Se había organizado un desfile y Susan iba sentada en un descapotable enseñando su trofeo para que todo el mundo lo viera. Los rostros sonrientes de sus compañeros se reflejaban en él.

Esto fue lo que me contó y alzando los brazos al cielo gritó:

—¡Voy a ser famosa!

Sólo quedaba una semana para el concurso. Practicaba todos los días. En una ocasión, avisó a Peter Sinkowitz y sus amigos y nos hizo el discurso desde lo alto de las escaleras de su casa. Aplaudimos y silbamos. Ella hizo reverencias grandilocuentes y yo también empecé a tener fe en su visión: ya estaba viendo las serpentinas volando y las aclamaciones del público.

«... te deseamos lo mejor, Susan Caraway.»

Anunciaron los altavoces de la escuela, haciendo eco en la entrada justo cuando nosotros emprendíamos el viaje hacia Phoenix. Conducía el Sr. McShane, el representante de la EPM en el concurso. Susan y yo nos sentamos en la parte de atrás. Los padres de Susan iban en su auto, y nos encontraríamos con ellos en Phoenix.

Al salir del estacionamiento, Susan recorrió con el dedo el perfil de mi rostro.

—Que no se te suba, caballero, porque me dejaban invitar a dos amigos y no eres el único al que se lo he ofrecido.

—¿Y quién es el otro? —pregunté.

—Dori.

—Mira por dónde —dije— creo que se me va a subir. Dori no es un amigo.

—No, no es uno de ellos —dijo sonriendo. De pronto, se quitó el cinturón de seguridad. Estábamos pegados cada uno a nuestra ventana.

—Sr. McShane —dijo—, me voy a cambiar de sitio para poder estar más cerca de Leo. Es muy lindo. No puedo evitarlo.

Por el espejo retrovisor vimos como el Sr. McShane entornaba los ojos.

—Lo que tú quieras Susan, hoy es tu día —dijo.

Stargirl se desplazó al asiento del medio y se puso el cinturón.

—¿Has oído? ¡Lo que yo quiera! ¡Es mi día!

—Bueno, ¿y qué te dijo Dori Dilson? —pregunté impaciente.

—Me dijo que no. Está enfadada conmigo.

—Me lo imaginaba.

—Cree que me estoy traicionando a mí misma desde que soy Susan. No puede entender lo importante que es para mí caer bien.

No supe muy bien qué decir. Me sentí incómodo. Afortunadamente, no saber qué decir no me supuso un problema, ya que Susan, como la Stargirl de antaño, no calló durante las dos horas de trayecto.

—Pero conozco a Dori —dijo—, y te voy a decir una cosa.

—Dime.

—Seguro que cuando volvamos a Mica estará allí con todo el mundo para recibirme.

Más tarde me enteré de que cuando salimos de la escuela, el director había anunciado por los altavoces la hora a la que llegaríamos a Mica al día siguiente, para que todo el mundo estuviera allí, ganáramos o perdiéramos.

Parece ser que la posibilidad de perder ni se le había pasado por la cabeza a nuestra concursante.

—¿Me harías un favor? —me preguntó.

—Claro —respondí.

—¿Sabes el trofeo de plata que le dan al ganador? Soy tan torpe con los platos en casa… ¿Me lo sujetarás tú cuando la gente se abalance sobre mí? Me da miedo que se me caiga.

Me quedé mirándola.

—¿Qué gente? ¿Qué avalancha?

—En el estacionamiento de la escuela, cuando volvamos mañana. Siempre hay multitudes esperando para recibir al héroe. ¿Te acuerdas del vídeo que nos pusieron en la escuela? ¿Te acuerdas de mi visión? —inclinó la cabeza y me miró directa a los ojos. Me dio tres golpecitos en la cabeza—. ¡¿Hola?! ¡¿Hay alguien en casa?!

—¡Ah! —dije—, esa gente.

—Por supuesto. Seguramente estaremos a salvo mientras nos quedemos en el auto, pero cuando salgamos, ¡quién sabe lo que puede pasar! Las masas son peligrosas. ¿Verdad, Sr. McShane?

—Eso tengo entendido —corroboró él.

Me habló como si fuera un niño de párvulos.

—Leo, esto jamás ha pasado en Mica. Nadie de esta ciudad ha ganado el concurso de oratoria de Arizona. Ninguno de los suyos. Cuando se enteren, no se lo van a poder creer. Cuando me vean con el trofeo… —los ojos le hacían chiribitas, silbó— espero que no se descontrolen.

—La policía los mantendrá alejados —dije—, seguro llaman a la policía nacional.

Me miró atónita.

—¿Tú crees?

No se dio cuenta de que lo decía en broma.

—Bueno —dijo—, no me importa que me zarandeen un poco. ¿Usted cree que van a zarandearme Sr. McShane?

—Nunca se sabe —dijo mirándonos por el retrovisor.

—Y si me quieren llevar a hombros no pasa nada, aunque mejor que no —me dio un codazo—, será mejor que tengas cuidado con mi trofeo. Por eso —me dio otro codazo— lo vas a llevar tú, bien agarradito.

Deseé que el Sr. McShane dijera algo.

—Susan —dije—, ¿has oído hablar alguna vez del cuento de la lechera?

—¿Te refieres a la que se le rompe el cántaro?

—Ajá —contesté yo.

—La moraleja es que no hay que soñar antes de tiempo —dijo.

—Exactamente —corroboré yo.

Afirmó pensativa.

—Nunca llegué a entenderlo. Es decir, si sabes que el cántaro no se va a romper… ¡Sueña! —dijo optimista.

—Pero es que ¡no sabes si se te va a romper o no! —argüí—, no hay ninguna garantía. Siento ser yo el que te tenga que decir que hay otros concursantes, que hay más gente que *podría* ganar, y tú, *podrías* perder. Es otra posibilidad.

—No. No es posible. Porque… —dijo negando con la cabeza tras pensar en ello un rato—. ¿para qué esperar a sentirte fenomenal? «Celebra ahora.» Ése es mi lema —se acurrucó en mis brazos—. ¿Cuál es el tuyo, hombretón?

—Nunca sabes si el cántaro se romperá.

—¡Uuuuh! —dijo haciendo aspavientos burlones—. ¡Qué aguafiestas eres! —se dirigió al profesor—. ¿Cuál es su lema, Sr. McShane?

—Conduce con cuidado. Llevas un ganador a bordo.

El comentario le dio pie a dar gritos de alegría.

—Sr. McShane, no está ayudando nada —le dije.

—Disculpa —mintió.

Miré a Stargirl.

—Vas a un concurso estatal, ¿no estás ni un poquito nerviosa?

Su sonrisa se desvaneció.

—Sí, lo estoy. Estoy muy nerviosa. Sólo espero que las cosas no se salgan de control cuando volvamos a la escuela. Nunca me han acosado las masas. No sé muy bien cómo voy a reaccionar. Espero que no se me suba demasiado a la cabeza. ¿Cree usted que corro el riesgo de que se me suba, Sr. McShane?

Levanté la mano.

185

—¿Puedo responder esa pregunta?

—Creo que tienes la cabeza en su sitio —dijo el profesor.

Me dio un codazo.

—¿Lo has oído, Don Sabelotodo? —puso su cara de niña repelente que no tardó en desaparecer, alzó los brazos y gritó—. ¡Van a adorarme!

El Sr. McShane rió entre dientes. Me di por vencido.

—Mira, hasta el desierto lo celebra —dijo señalando por la ventana.

Parecía cierto. Los insulsos cactus y matorrales estaban salpicados por los colores de la primavera, como si un maestro del paisajismo hubiera dado un toque de amarillo aquí y otro de rojo allá.

Susan se inclinó hacia delante todo lo que el cinturón de seguridad le permitió.

—Sr. McShane, ¿podemos parar aquí un segundito por favor? —el profesor dudó, Susan continuó—: ¡Dijo que hoy era mi día! ¡Dijo que hoy se haría lo que yo dijera!

El auto se echó a un lado y se paró en la cuneta de gravilla. Susan salió escopetada y se encaminó hacia el desierto. Iba pegando brincos y haciendo volteretas laterales entre los cactus espinosos. Le hizo una reverencia a una yuca y bailó un vals alrededor de un saguaro. Arrancó una de las flores de un cactus barril y se la prendió en el pelo. Empezó a practicar cómo se movería, cómo saludaría, (con una mano, con las dos), cómo sonreiría ante las masas impacientes por darle la bienvenida en Mica. Con un pincho de un cactus empezó a imitar a un payaso hurgándose en los dientes con él.

Apoyados en el auto, el Sr. McShane y yo nos moríamos de la risa. De repente paró. Inclinó la cabeza y miró hacia otro sitio. Se quedó completamente inmóvil durante por lo menos dos minutos. Después giró bruscamente y volvió al auto.

Estaba pensativa.

—Sr. McShane —dijo al arrancar el auto—, ¿conoce alguna especie de pájaro extinguido?

—La paloma pasajera —respondió— probablemente sea la más conocida. Había tantas que el cielo se oscurecía cuando pasaban. Y las *moas*.

—¿*Moas?* —preguntó ella.

—Un pájaro enorme —aclaró el profesor.

—¿Como un cóndor? —pregunté yo.

El Sr. McShane rió entre dientes.

—Un cóndor le llega a una *moa* por la rodilla. Cuatro metros y pico medían. Quizá sea el pájaro más grande que haya existido jamás. No podía volar. Vivía en Nueva Zelanda. Se extinguió hace cientos de años. La gente lo mató.

—¡El doble que un cóndor!

El Sr. McShane afirmó.

—Hice un trabajo sobre *moas* en la escuela. ¡Me encantaban! —comentó el Sr. McShane.

A Susan le brillaban los ojos.

—¿Tenían voz las *moas*?

El profesor meditó la respuesta.

—No lo sé. No sé si alguien lo sabe.

Susan miró hacia el desierto a través de la ventanilla.

—Me ha parecido oír un sinsonte. Me recuerda una cosa que me dijo Archie.

—¿El Sr. Brubaker? —dijo el Sr. McShane.

—Sí. Me contó que los sinsontes no imitan a los pájaros de su alrededor, imitan los sonidos de los pájaros extinguidos y por eso, gracias a ellos, los sonidos de los pájaros extinguidos se pasan de sinsonte a sinsonte a lo largo de los años.

—¡Qué interesante! —dijo el Sr. McShane.

—Archie dice que cuando un sinsonte canta, no sabemos qué canciones prehistóricas estamos escuchando, porque lo que está haciendo en realidad es rememorar a sus ancestros extinguidos.

Las palabras de Archie Brubaker llenaron el silencio del auto. Como si me hubiera leído la mente, el Sr. McShane apagó el aire acondicionado y bajó las ventanas. Nuestro pelo se despeinaba con el viento, impregnado de olor a mezquite.

Al cabo de un rato sentí el tacto de la mano de Susan jugueteando con mis dedos.

—Sr. McShane —dijo Susan—, estamos haciendo manitas en el asiento de atrás.

—Oh, oh —dijo—, adolescentes en la edad del pavo.

—Sr. McShane, ¿no le parece que Leo es muy lindo?

—La verdad es que nunca me había parado a pensarlo —dijo el Sr. McShane.

—Pues mire —dijo; sujetó mi cara entre sus manos y me echó hacia delante.

El profesor me miró por el retrovisor.

—Tienes razón, es adorable —dijo.

Susan me soltó la cara, me había puesto rojo.

—Ya lo decía yo, ¿no es como para comérselo?

—Hombre, ¡tanto como eso! —respondió el Sr. McShane.

Un minuto más tarde:

—Sr. McShane… —sentí algo en la oreja—, estoy metiéndole el dedo en la oreja.

Siguió haciendo este tipo de tonterías hasta que llegamos a una meseta, desde donde vimos en el horizonte la bruma contaminada que anunciaba nuestra llegada a Phoenix.

28

Nos encontramos con los padres de Susan en el vestíbulo del hotel en el que teníamos habitaciones reservadas para pasar la noche. Nos registramos y comimos los cinco en el restaurante del hotel. Acompañamos a Susan hasta el autobús que la llevaría a ella y a otros dieciocho concursantes hasta la escuela de Phoenix. En total, eran treinta y ocho concursantes, pero diecinueve habían hecho sus discursos por la mañana.

Después de comer, se seleccionarían diez finalistas y por la tarde, se celebraría la final. A decir verdad, no nos sorprendió que Susan ganara. ¡Era increíblemente buena! Fue otra cosa la que nos sorprendió: su discurso era nuevo. No era el mismo que dio en el concurso de Mica, ni el mismo que había practicado durante semanas delante de mí, de Peter Sinkowitz y de los cactus del desierto. No era el mismo que había escuchado justo el día anterior.

¡Pero era maravilloso!

Había algunas cosas en común con el discurso anterior, pero la mayor parte era nueva como el rocío de la mañana. Como una mariposa, sus palabras saltaban de imagen en imagen. Iba desde el pasado remoto (Barney, el cráneo del roedor del paleoceno) pasando por el presente (Cinnamon) hasta el futuro lejano (la muerte del sol). Desde lo más ordinario (el viejecito que se queda dormido en el banco del centro comercial), hasta lo más extraordinario (una galaxia recién descubierta casi al final del Universo). Habló de camiones plateados que reparten comida, de ropa de diseño y de lugares encantados, y cuando dijo que su mejor amigo paseaba a su ratón sobre el hombro se me escaparon unas lágrimas. Fue un discurso sin orden ni concierto, un batiburrillo, pero de alguna forma, hizo que todo encajara. El hilo conductor del discurso era la voz solitaria de un sinsonte cantando en el desierto. Tituló el discurso «Me ha parecido oír una *moa*». El auditorio estaba medio lleno. La mayoría eran pequeños grupos de estudiantes de las escuelas que participaban y padres de los competidores. Cada vez que un concursante terminaba su discurso, los de su escuela silbaban y vitoreaban, como si eso fuera a influir en la decisión del jurado. El resto aplaudía por educación. Nosotros, cuando terminó Susan, aplaudimos tímidamente. No hubo silbidos ni vítores. Creo que éramos mucho más tímidos que nuestra concursante.

De vuelta al hotel, el Sr. McShane y yo la asediamos, si es que dos personas pueden asediar. Sus padres estuvieron más reservados. Eran todo sonrisas y «bien hecho». Parecían tan poco sorprendidos de que hubiera ganado como Susan.

Cuando los adultos se fueron de compras, la tuve toda para mí.

—¿De dónde te has sacado el discurso? —le pregunté.

Sonrió.

—¿Te ha gustado?

—Mucho, pero no ha sido lo que he escuchado durante el mes pasado. ¿Has estado practicando por tu cuenta otro discurso todo este tiempo?

Su sonrisa se hizo aún mayor.

—Era la primera vez que lo oía yo también.

La miré. Poco a poco fui comprendiendo.

—Aclárame esto. ¿Me estás diciendo que te lo has inventado esta mañana?

—Te estoy diciendo que ni siquiera me lo he inventado. Estaba ahí. Todo lo que he hecho es abrir la boca y dejar que saliera —chasqueó los dedos—, ¡presto!

La miré.

—¿Y qué discurso vas a dar esta noche?

Estiró los brazos.

—¡Quién sabe!

Cenamos los cinco juntos en el restaurante del hotel. Después esperamos a Susan en el vestíbulo mientras se cambiaba de ropa. Salió del ascensor con un traje de chaqueta de color melocotón. Desfiló por el vestíbulo luciendo el traje y posando para nosotros. Se sentó en el regazo de su madre y dijo:

—Me lo ha diseñado mi modista particular.

Aplaudimos y la acompañamos hasta el autobús.

A la final del concurso podía asistir el público general, así que el auditorio estaba repleto, incluso al fondo había gente de pie. Una orquesta de escuela tocaba música de John Philip Soussa. Los diez concursantes estaban sentados en el escenario. Había siete chicos. Todos parecían estar nerviosos y sombríos, rígidos como maniquíes, menos Susan, que no paraba de susurrar al oído del chico que tenía al lado; él asentía con la cabeza de vez en cuando, pero seguía mirando al frente y prestando atención a la ceremonia, deseando que Susan se callara de una vez. Los padres de Susan, conociéndola, se rieron y yo intenté disimular un pequeño ataque de celos.

Los concursantes se dirigieron uno a uno hacia el centro del escenario para dar sus discursos. Los aplausos fueron igual de sentidos para cada uno de ellos. Una chica de parvulitos con un vestido blanco lleno de volantes le entregó un ramo de rosas a cada uno de los concursantes, amarillas para las chicas y rojas para los chicos. Mientras que las chicas acunaron sus ramos, los chicos los miraron como si fueran bombas de mano.

Susan era la siguiente. Cuando la llamaron, se levantó de la silla de un salto y se fue brincando hasta el micrófono. Hizo una leve pirueta, una reverencia, saludó con la mano como si estuviera limpiando una ventana y dijo «¡Hola!».

Acostumbrados a ver a rígidos y tímidos concursantes, la audiencia se rió por lo bajo. Igual que nos pasó a nosotros cuando llegó a la escuela, no supieron qué pensar de esa adolescente estrafalaria. Hubo algún que otro atrevido que respondió a su saludo.

No empezó, o por lo menos, no como se suele empezar; no hubo un preámbulo grandilocuente, simplemente se puso cómoda y empezó a hablar como si el público estuviera en las mecedoras del porche de su casa. Se oían los murmullos de la gente que pensaba que todavía no había empezado y no se callaron hasta darse cuenta de que ése era el discurso y de que se lo estaban perdiendo. Entonces una calma absoluta inundó el auditorio. Yo estaba más atento del público que de la oradora, y puedo asegurar que si alguien bostezó, me pasó inadvertido. Terminó con un ligero susurro «¿Puedes oírlo?» y se puso en posición de escuchar, quince mil personas parecieron inclinarse hacia delante, intentando oír. Durante diez segundos la calma fue absoluta. Después se giró rápidamente y volvió a su sitio. El público seguía sin reaccionar. «¿Qué pasa?», me pregunté. Se recostó en la silla, y se puso las manos remilgadamente en el regazo. Entonces ocurrió, de repente, como una explosión, como si todo el público despertara al mismo tiempo. Nos pusimos de pie, aplaudiendo, vitoreando y silbando. Se me saltaron las lágrimas. El barullo era el mismo que podría haber en un partido de baloncesto.

29

Ganó. Tal y como ella dijo que pasaría.

Los flashes de las cámaras estallaban contra el trofeo de plata de Susan.

Entre bastidores, dos cámaras de televisión la enfocaron con sus luces y la entrevistaron. Los extraños le daban la enhorabuena, y la gente de Phoenix la felicitaba afirmando que hacía años que no veían algo semejante. Los más pequeños se acercaban a ella para que les firmara autógrafos. Los padres desearon tener una hija como ella; los profesores, una alumna.

Ella estaba tan contenta, tan orgullosa. Al vernos gritó y se puso a llorar. Nos abrazó uno a uno y cuando llegó mi turno casi me deja sin respiración.

Cuando llegamos al hotel todo el mundo parecía haberse enterado de la noticia: el portero, el conserje, los de la recepción y los botones. De pronto, parecía tener un poder mágico, maravilloso: hacía sonreír a todo el que la miraba. Todo se reducía a una palabra que se repetía sin cesar: «¡Enhorabuena!».

Caminamos (más bien flotamos) alrededor de la manzana para airearnos un poco y para que

Susan se tranquilizara. Aunque éramos menores de edad, nos invitaron a la discoteca del hotel. Pedimos refrescos de ginger-ale y jalapeños, y bailamos al son de un concierto *country,* mientras se emitían por televisión las imágenes del concurso. La pista de baile era el único sitio al que Susan no se llevaba el trofeo.

Lo primero que hizo a la mañana siguiente fue meter por debajo de la puerta de mi habitación el *Arizona Republic* con su foto en primera página. Leí el artículo. Calificaba el discurso de «fascinante, hipnótico, misteriosamente conmovedor». Imaginé al repartidor dejando el periódico en cada una de las casas de Mica.

Desayunamos todos juntos. La gente la miraba, le sonreía y la felicitaba desde lejos. Emprendimos el viaje de vuelta.

Durante un rato, Susan siguió siendo la cotorra de siempre. Dejó el trofeo de plata en el asiento delantero, al lado del Sr. McShane y le dijo que tenía la suerte de poder conducir a su lado durante diez minutos y que además, podía tocarlo cuanto quisiera. Ése era su premio, dijo, por haberle hablado sobre las *moas.* Cuando pasaron los diez minutos agarró el trofeo. Según nos íbamos acercando a Mica, su conversación fue decayendo hasta dejar de hablar. Los últimos diez minutos de viaje los pasamos en silencio. Me dio la mano. Cuanto más cerca estábamos, más fuerte me apretaba. Entrando en la ciudad, se inclinó hacia mí y me dijo:

—¿Estoy guapa?

Le dije que estaba resplandeciente. Pareció no creerme. Estudió el reflejo de su cara en el trofeo de plata. De nuevo, se giró hacia mí, y me miró detenidamente antes de hablar.

—He estado pensando. He decidido que lo mejor es que lleve yo el trofeo.

Asentí.

—Por lo menos hasta… hasta que me suban a hombros. Entonces lo llevas tú. ¿Vale?

Asentí de nuevo.

—Así que quédate cerca de mí. No te alejes ni un segundo. Las masas pueden hacer que nos separemos. A veces pasa. ¿Vale?

—Vale.

Tenía la mano caliente y sudorosa. Pasamos enfrente de un hombre que estaba pintando el suelo de su garaje. Metía un palo largo en una cubeta para cubrir el asfalto con tapaporos negro. Se afanaba en su trabajo bajo el sol de medio día y por alguna razón, en ese preciso instante supe lo que iba a pasar, lo vi claro. Estuve a punto de gritarle al Sr. McShane: «¡No! ¡No gire! ¡Dé la vuelta!».

Pero giró. Giró y ahí, frente a nosotros, estaba la escuela. En mi vida había visto un sitio tan vacío. No había carteles, no había gente, no había autos.

—Probablemente estén en la parte de atrás —dijo el Sr. McShane. Se aclaró la voz y añadió—, en el estacionamiento.

Fuimos hasta el estacionamiento y efectivamente, había dos autos. También había personas, tres exactamente, protegiéndose los ojos del sol con las manos en forma de visera. Dos eran profesores y la otra era una estudiante: Dori Dilson. No estaba con los profesores, estaba sola, en medio de un resplandeciente océano de asfalto.

Cuando nos acercamos, levantó una pancarta enorme, más grande que un cartel publicitario, la agarró por los lados y desapareció detrás de ella. Unas letras rojas decían:

BIEN HECHO SUSAN,
ESTAMOS ORGULLOSOS DE TI

Nos paramos enfrente de la pancarta. Todo lo que veíamos de Dori Dilson era una fila de dedos a los costados de la pancarta. Nos acercamos lo suficiente como para que me diese cuenta de que estaba temblando y supe que Dori estaba llorando. No había confeti ni cohetes. Nadie silbó, ni siquiera un sinsonte.

Nos quedamos helados, atónitos y en silencio delante de la pancarta de Dori Dilson. Los Srs. Caraway se acercaron al auto para recoger a Susan. Una vez más, no parecían especialmente sorprendidos o emocionados por lo que estaba pasando. Susan parecía haber entrado en trance. Estaba sentada a mi lado, mirando ausente la pancarta a través de la ventana. Ya no me daba la mano. Intenté decir algo, pero no pude. Cuando llegaron sus padres, se dejó llevar. Al salir del auto, se le cayó el trofeo de plata que sonó como una campana moribunda contra el asfalto. Su padre lo recogió. Pensé que se lo llevaría, pero con una sonrisa extraña, me lo dio a mí.

No la vi en todo el fin de semana. Cuando volví a verla, era Stargirl de nuevo: falda hasta el suelo, lazos en el pelo, lo de siempre... En el comedor, fue de mesa en mesa repartiendo galletas que tenían caritas sonrientes dibujadas. Incluso le dio una a Hillari Kimble. Hillari se quitó el zapato y lo utilizó como un martillo para aplastar la galleta contra la mesa. Stargirl se paseó tocando el ukelele, preguntándole a la gente qué quería oír. Llevaba a Cinnamon en el hombro, que a su vez, llevaba un ukelele de juguete a la espalda. Imitó a un ventrílocuo, como si fuera Cinnamon el que estaba cantando. Dori Dilson, bendita sea, se levantó y aplaudió. Fue la única. Yo estaba demasiado impresionado para unirme. Fui demasiado cobarde, estaba demasiado enfadado y además, no quería demostrar que estaba de acuerdo con el cambio a Stargirl. La mayoría de los estudiantes ni la miró. Ni siquiera la escucharon. Cuando sonó el timbre y salimos del comedor miré hacia atrás, las mesas estaban repletas de galletas.

Al salir de la escuela ese día le dije:

—Me imagino que te has dado por vencida, ¿no?

Me miró.

—Darme por vencida, ¿en qué?

—En caer bien, en ser... ¿cómo puedo decirlo?

Sonrió.

—¿Normal?

Me encogí de hombros.

—Sí —dijo ella decidida.

—¿Sí?

—Estoy respondiendo a tu pregunta. La respuesta es sí. Ya no quiero caer bien, ni ser normal —su cara y sus movimientos no parecían acompañar sus palabras. Parecía contenta y llena de vida. Igual que Cinnamon sobre su hombro.

—¿No crees que deberías frenar un poco? ¿No volver así, tan de lleno?

Sonrió. Con el dedo, me acarició la punta de la nariz.

—Porque vivimos en *su* mundo, ¿verdad? Eso me dijiste en una ocasión.

Nos miramos. Me besó en la mejilla y comenzó a andar. Se dio la vuelta y me dijo:

—Sé que no me vas a invitar al Baile del Cactus, no pasa nada —me dedicó su sonrisa de bondad y comprensión infinita, la sonrisa que yo le había visto dedicar a tantos otros necesitados; y en ese momento la odié.

Esa misma noche, como si estuviera predeterminado, Kevin me llamó y me dijo:

—Bueno, y ¿a quién vas a llevar al Baile del Cactus?

—¿A quién vas a llevar tú? —esquivé la pregunta.

—No lo sé —respondió.

—Yo tampoco.

Hubo una pausa al otro lado de la línea.

—¿No vas a llevar a Stargirl?

—No necesariamente.

—¿Intentas decirme algo? —me preguntó.

—¿Qué iba a intentar decirte?

—Creía que eran una pareja. Pensé que no había ninguna duda —me dijo Kevin.

—¿Entonces por qué preguntas? —le dije antes de colgar el teléfono.

Esa misma noche, en la cama, cuando la luz de la luna trepaba por mis sábanas, me iba sintiendo más y más incómodo. Bajé las persianas. En mis sueños, el anciano del banco del centro comercial levantó tembloroso la cabeza y dijo: «¿Cómo te atreves a perdonarme?».

A la mañana siguiente, había un nuevo anuncio en el correcaminos del patio, escrito en un trozo de papel. En la parte de arriba decía:

Apúntate aquí si quieres formar parte
del nuevo grupo musical
LOS UKEE DOOKS.
No se requiere experiencia

Había dos columnas numeradas para rellenar con los nombres; en total había para unas cuarenta plazas. Al final del día las cuarenta estaban rellenas con nombres como Minie Mouse, La Masa, El Monstruo del Lago Ness. También estaba el nombre del director de la escuela y el de Wayne Parr y Dori Dilson.

—¿Lo has visto? —me dijo Kevin—. Alguien ha escrito el nombre de Parr.

Estábamos en la sala de realización. Era mayo y ya no íbamos a grabar más programas de *La Silla en Llamas* ese año, pero de vez en cuando, al salir de la escuela, nos pasábamos por el estudio.

—Lo he visto —dije.

Se acercó a un monitor que estaba apagado y estudió el reflejo de su cara.

—Pues no he visto tu nombre en la lista —dijo Kevin retándome.

—No —respondí.

—¿No quieres ser un Ukee Dook?

—Supongo que no —respondí.

Estuvimos jugando con los aparatos del estudio un rato. Kevin se subió al escenario y tocó un botón. Dijo algo, pero no pude oírlo. Me acerqué el auricular a un oído. Parecía que su voz venía de otro mundo.

—Se está volviendo rara otra vez, ¿verdad? Peor que nunca.

Lo miré a través del cristal. Me quité el auricular y me fui.

Entendí su reacción. Había decidido que ya no pasaba nada si hablaba mal de Stargirl. Mi comportamiento debió de animarlo a que adoptara esa actitud. La primera en darse cuenta de esto debió de ser Stargirl. Todavía estaba rabioso después del comentario de Stargirl sobre el Baile del Cactus.

* * *

En las clases, los pasillos, los patios, el comedor… en todas partes oía cómo la insultaban, se burlaban de ella y la menospreciaban. Su intento de caer bien, de ser más como ellos, había sido un absoluto fracaso. Si había servido para algo, era para que la odiaran más aún y lo dijeran más a menudo. ¿O es que yo estaba más atento?

Un día, al salir de la escuela, ella y Dori Dilson, las únicas miembros del grupo Ukee Dooks, hicieron un dúo en el patio. Stargirl tocaba el ukelele y las dos cantaban *Blue Hawaii*. Era obvio que habían ensayado. Eran muy buenas. También eran muy ignoradas. Al final de la canción eran las únicas que quedaban en el patio.

Al día siguiente, ahí estaban de nuevo. Esta vez llevaban sombreros mexicanos y cantaban *Cielito Lindo*, *Vaya con dios, My Darling*. No salí al patio, tenía miedo de pasar a su lado y hacer como si no existiera. También tenía miedo de quedarme a escuchar. Miré a hurtadillas por una ventana. Stargirl estaba imitando a una bailadora flamenca, se oían las castañuelas desde el interior.

Los estudiantes pasaban de largo, la mayoría ni siquiera miraba. Vi cómo Wayne Parr y Hillari Kimble pasaban de largo y Hillari se reía a voz en grito. Y Kevin. Y los del equipo de baloncesto. En ese momento me di cuenta de que nunca dejarían de marginarla. Y supe lo que debía hacer. Debía ir ahí y quedarme de pie delante de ellas y aplaudir. Debía demostrarle a Stargirl y al mundo entero que yo no era como el resto, que yo la valoraba, que me alegraba de que fuera así y de que no cejara en el empeño. Pero me quedé dentro. Esperé hasta que el último de los estudiantes se fue del patio y Stargirl y Dori se quedaron solas. No dejaron de tocar. Era demasiado doloroso seguir mirando. Salí de la escuela por otra puerta.

31

Tal y como Stargirl predijo, no la invité al Baile del Cactus. No invité a nadie. No fui. Pero ella sí.

El baile se celebraba un sábado a finales de mayo en el Club de Campo de Mica. Al oeste, sólo quedaban las brasas centelleantes del sol; al este la luna despuntaba. Yo seguía montando en bicicleta. Pasé por el club, estaba lleno de guirnaldas y de farolillos chinos; a lo lejos, parecía un trasatlántico en medio del océano.

No podía identificar a las personas, sólo se apreciaban titilantes movimientos de color. Predominaba el azul pastel. Desde que Wayne Parr dijo que llevaría una chaqueta azul pastel al baile, la mayor parte de los chicos encargaron su chaqueta en la tienda de alquiler de esmóquines del mismo color.

Observé el panorama de luces durante toda la noche. Oía la música intermitentemente. Las flores del desierto, tan abundantes en el mes de abril, estaban ya moribundas. Parecía que se llamaban las unas a las otras.

Paseé durante horas. La luna, como un globo descarriado, se perdió en el cielo. Entre los peñascos oscuros de las Maricopas, aulló un coyote.

Durante los días, semanas y años que siguieron, estuvieron todos de acuerdo en que nunca habían visto nada igual. Llegó en una bicicleta con sidecar, lo suficientemente grande como para que ella se pudiese sentar; pero con una única rueda. Todo, excepto el sillín de la bici y el del sidecar, estaba cubierto de flores. Como un velo de novia, llevaba colgada del guardabarros trasero una sábana de flores de tres metros de largo. El manillar estaba decorado con hojas de palmeras. Parecía una carroza del Desfile de Rosas.[18] Dori Dilson conducía la bicicleta.

La gente que lo presenció me contó después lo que yo no pude ver: padres que hacían fotos, focos que iluminaban a las elegantes parejas que salían de las limusinas y los descapotables prestados. Aplausos por doquier.

De pronto, ya no hay más flashes, la intensidad de los focos disminuye, la multitud se queda en silencio. Mientras una limusina blanca, infinitamente larga, sale de la entrada, un ramo de flores sobre tres ruedas entra en escena.

Dori Dilson, la conductora, llevaba puesto un esmoquin de cola blanco y un sombrero de copa de

---

[18] El Desfile de Rosas se celebra en Estados Unidos antes del Campeonato de las Rosas de fútbol americano.

seda, pero es su acompañante la que dejó absorto al público con su vestido palabra de honor amarillo chillón. Dijeron que debajo llevaba un miriñaque: desde la cintura, su vestido parecía una taza de té boca abajo. Llevaba el pelo precioso, aunque los testigos no parecían ponerse de acuerdo al definirlo: unos decían que era del color de la miel, otros del color de las fresas. Lo llevaba ahuecado sobre la cabeza, con forma de merengue. Unos decían que era una peluca, otros que era su pelo de verdad, y todos tenían la certeza de no estar equivocados.

A través de los tirabuzones se entreveían unos pendientes de plata largos. También hubo opiniones divergentes al respecto, pero la más aceptada fue que se trataba de piezas del Monopoly, aunque más tarde se supo que no era así.

De una cuerda de cuero curtido que llevaba al cuello pendía un fósil blanco de unos dos centímetros con forma de plátano que la identificaba como miembro reconocido de la Orden Leal de los Huesos Fosilizados.

Mientras el resto llevaba orquídeas en la muñeca, ella llevaba un pequeño girasol, o un inmenso ojo de buey, o una especie de margarita. Nadie estaba seguro, lo único que sabían es que era amarilla y negra.

Antes de entrar, se dio la vuelta y se inclinó sobre la cesta del manillar, también llena de flores. Pareció darle un beso a algo. Después se despidió de Dori Dilson, que le devolvió el saludo antes de irse. La gente que estaba cerca pudo distinguir a

Cinnamon, con sus ojitos como granos de pimienta y sus orejas pintadas de colores asomando por la cesta.

—Precioso.
—Poco habitual.
—Interesante.
—Diferente.
—Majestuoso.

Ésas fueron las palabras que articularon los padres cuando recuperaron el habla, porque cuando la vieron entrar sólo pudieron escrutarla atónitos. Alguien recuerda que se disparó el flash de una única cámara de fotos, pero eso es todo. No era la hija de nadie, era la chica de la que habían oído hablar. Cuando pasó al lado de la gente, no evitó en absoluto mirarlos a los ojos. Muy al contrario, los miraba directamente, girándose a uno y otro lado y repartiendo sonrisas como si los conociera de toda la vida, como si hubiesen compartido grandes momentos juntos. Algunos apartaban la vista, incómodos sin saber por qué. Otros sintieron un inmenso vacío cuando ella les retiró la mirada. Estaba tan apabullante, tan íntegra, que pasó inadvertido que iba sin pareja, que estaba sola, que era una procesión de una única persona.

Apoyado en mi bici, a lo lejos, recuerdo mirar al cielo y verlo nevado de estrellas; la Vía Láctea. Recuerdo preguntarme si ella también podría verlas o si se perderían con las luces de los farolillos chinos.

El baile se celebró en la pista principal de tenis, que habían cubierto con una tarima para la ocasión. Durante el baile, hizo lo mismo que el resto de la gente: bailar. Bailó canciones lentas y rápidas, desde Guy Greco hasta los Serenaders. Extendía los brazos, movía la cabeza con los ojos cerrados, perecía estar pasándoselo en grande. Por supuesto, nadie se dirigía a ella, pero no podían evitar mirarla por encima del hombro de la pareja con la que bailaban. Aplaudía después de cada baile.

«Está sola», se repetían a sí mismos. Y efectivamente, no bailó con nadie, pero a ella parecía importarle cada vez menos. Según avanzaba la noche, se empezaron a confundir el sonido del clarinete de la orquesta y el aullido de los coyotes en las montañas; la magia de sus chaquetas azul pastel y sus orquídeas parecía desvanecerse y el sentimiento de que ellos estaban más solos que ella empezaba a imponerse.

¿Quién rompió el hielo? Nadie lo sabe. ¿Tropezó alguien con ella viéndose obligado a dirigirle la palabra? ¿Le quitó alguien un pétalo de la flor? (faltaba uno). ¿Le susurró alguien «Hola»? Algo es seguro: un chico llamado Raymond Studemacher bailó con ella.

La opinión general sobre Raymond Studemacher era que no tenía suficiente personalidad ni como para abrir la puerta de un supermercado. No pertenecía a ningún equipo ni organización, no participaba en ninguna actividad de la escuela, sacaba unas notas mediocres, su ropa era vulgar, su cara era insulsa: no tenía personalidad. Estaba más delgado que un palo, parecía no poder siquiera soportar el peso de su nombre. De hecho, cuando todos los ojos se dirigieron a él en la pista de baile, los pocos que recordaban su nombre fruncieron el ceño al ver su chaqueta blanca y murmuraron «Raymond No-sé-cuantos».

Sin embargo, ahí estaba, Raymond No-sé-cuantos, caminando directo hacia ella, hablando con ella, y bailando con ella (más tarde se supo que fue la pareja de Raymond la que le pidió que lo hiciera). La gente se situó para poder verlos mejor. Al terminar el baile, aplaudió con ella y volvió con su pareja. Le dijo que sus pendientes parecían pequeños camiones plateados.

La tensión aumentó. Los chicos estaban nerviosos. Las chicas se toqueteaban los brazaletes de flores. El hielo estaba hecho añicos. Varios chicos dejaron a sus parejas para dirigirse hacia Stargirl cuando ella se acercó a Guy Greco y le dijo algo. Guy Greco se acercó a la orquesta, el director de orquesta dio la señal y empezó a sonar la tan conocida canción de nuestra adolescencia: el *bunny hop*. En cuestión de segundos se formó un tren en la pista de baile. Stargirl estaba en cabeza. Y de repente, era diciembre de nuevo y toda la escuela estaba bajo su hechizo.

Casi todas las parejas se unieron al tren, menos Hillari Kimble y Wayne Parr. Iban de arriba abajo, Stargirl empezó a improvisar. Levantaba los brazos a una multitud imaginaria como si fuera un personaje famoso. Saludaba a las estrellas moviendo las muñecas… Todos la imitaban. Los tres saltos de conejo se convirtieron en saltos de vampiro, luego en saltos de pingüino, después en cursis saltos de bailarina. Cada vez que cambiaba de movimiento la fila entera se deshacía en carcajadas.

Cuando Guy Greco terminó de tocar, la gente le pidió más y él empezó de nuevo.

Entre gritos de alegría, Stargirl los sacó de la pista de baile y los llevó a otra pista de tenis, después cruzaron la valla que cercaba las pistas. Según avanzaban hacia el campo de golf, comenzaron a no distinguirse más que los claveles rojos de las solapas de ellos y los brazaletes de flores de ellas. Serpenteaban rodeando los hoyos, entrando y saliendo de las zonas iluminadas. Dicen que desde la pista de baile daban la impresión ser más: cien parejas, doscientas personas, cuatrocientas piernas que parecían un conjunto floral festivo, un maravilloso ciempiés. Cada vez se les veía menos, Stargirl desapareció en la oscuridad y el resto, como la cola de un dragón azul pastel, la siguió.

Una chica con un vestido de seda con volantes se peleó con su pareja y se fue corriendo hacia ellos gritando «¡Espérenme!». Parecía una inmensa polilla de color verde menta.

Se oían con nitidez las voces que salían del campo de golf. Sus risas y gritos contrastaban con el monótono toc-toc-toc del interminable *bunny hop*. Parecían siluetas salidas de un sueño, bailando sobre el césped bajo la luz de la luna en cuarto creciente.

De pronto, las siluetas desaparecieron como si el sueño hubiera terminado. No se veía nada, no se oía nada, tan sólo a un rezagado que en un momento gritó «¡Espérenme!».

Según los que se quedaron en la pista de baile, era como haberse quedado en la superficie del agua esperando a que saliera el buceador. Hillari Kimble, sin embargo, no se sentía así.

—He venido aquí para bailar —dijo tirando del brazo de Wayne Parr y dirigiéndose a la orquesta exigió «música normal».

Guy Greco inclinó la cabeza para escucharla. Pero ni el director de orquesta paró, ni la orquesta dejó de tocar.

De hecho, parecían tocar cada vez más alto. Quizá la orquesta se sentía identificada con los que bailaban. Quizá, cuanto más se perdían en la noche, más alto tocaba la orquesta. Quizá la música fuera la cadena que ata a un perro, quizá fuera el hilo de una cometa.

Hillari Kimble arrastró a Wayne Parr del brazo hasta el centro del parqué. Bailaron una lenta. Bailaron una rápida. Bailaron una muy rápida. Nada funcionó. Ningún baile más que el salto del conejo pegaba con los golpes de tambor de la canción del conejo. El brazalete de orquídeas de Hillari perdía pétalos a cada golpe que le pegaba a Wayne, mientras gritaba:

—¡Haz algo! —sacó unos chicles que tenía en el bolsillo. Los mascó furiosa. Se lo sacó de la boca, lo separó en dos mitades y se las metió en las orejas.

La orquesta siguió tocando.

Nadie sabía exactamente cómo de lejos se fueron, aunque sí estaban de acuerdo en que parecieron horas y horas. Los que se quedaron estaban al borde de la zona iluminada, encaramados a la valla, intentando ver algo en la oscuridad, agudizando la vista, intentando oír algo. Sin embargo, lo único que se oyó fue el aullido de un coyote. Un chico se lanzó a la oscuridad; volvió tranquilo y riéndose con la chaqueta al hombro. Una chica con purpurina en el pelo tiritó. Llevaba los hombros descubiertos, se estremeció como si tuviera frío y empezó a llorar.

Hillari Kimble vigilaba desde la valla, cerrando y abriendo los puños. Parecía no poder estarse quieta.

Un chico que hacía de vigilante gritó «¡Ya vuelven!». Una centena de chicos (solamente se quedó Hillari Kimble) atravesó corriendo ocho pistas de tenis. Las faldas color pastel revolotearon como una desbandada de flamencos. La valla se combó con el peso de los chicos apiñados contra ella. La luz apenas iluminaba más allá de la valla, justo donde empezaba el desierto.

—¿Dónde?… ¿Dónde?

Se oyeron vítores y gritos que venían del otro lado, de algún sitio y desentonaban con la música. De pronto un destello de amarillo, Stargirl, salió de la sombra. Los demás la seguían. *Hop-hop-hop*. Seguían llevando el ritmo y parecían tener más energía que antes. Estaban como nuevos. Les brillaban los ojos a la luz de los farolillos chinos. Muchas chicas volvieron con flores marchitas en el pelo.

Stargirl los guió por fuera de la valla. Los que estaban al otro lado hicieron otro tren y los siguieron. Guy Greco marcó el compás por última vez, *hop-hop-hop,* de forma que los dos trenes se encontraron en la entrada y se deshicieron en besos, abrazos y gritos.

Poco después, cuando los Serenaders tocaron *Stardust* como gesto de agradecimiento, Hillari Kimble se acercó a Stargirl.

—Lo estropeas todo —le dijo antes de cruzarle la cara.

La gente se quedó helada. Las dos chicas se miraron durante al menos un minuto. Los que estaban cerca vieron cómo a Hillari le temblaban los hombros y el rostro: estaba esperando que Stargirl le devolviera la bofetada. Cuando Stargirl avanzó hacia ella, Hillari se estremeció y cerró los ojos. Pero en su lugar, Stargirl le dio un dulce beso en la mejilla. Para cuando Hillari abrió los ojos, Stargirl se había ido.

La estaba esperando Dori Dilson en la puerta de la entrada. Stargirl, con su vestido amarillo, se fue flotando por el camino de salida. Se subió al sidecar, y la bicicleta llena de flores desapareció en la noche. Ése fue el último día que la vimos.

32

Eso fue hace quince años. Hace quince San Valentines.

Recuerdo con tanta nitidez como el resto el triste verano que pasé después del Baile del Cactus. Un día que me sentía vacío y necesitado, caminé hasta su casa. Un cartel colgaba de la puerta; decía «Se vende». Me acerqué a una ventana. No había nada en las paredes ni en el suelo.

Fui a ver a Archie. Algo en su sonrisa me anunciaba que me había estado esperando. Nos sentamos en el porche, todo parecía seguir igual: Archie y su pipa, el desierto dorado bajo la luz vespertina, el Sr. Saguaro con los pantalones caídos.

Nada había cambiado.

Todo había cambiado.

—¿Dónde está? —le pregunté.

Por el quicio de su boca dejó salir lentamente una densa nube de humo que se fue flotando por detrás de su cabeza.

—En el noroeste de Estados Unidos. Minnesota.

—¿La volveré a ver?

—No.

—¿Se ha largado? ¿Sin más?

—Mm… mm —afirmó.

—Sólo ha durado unas semanas, pero ha parecido un sueño. ¿De verdad ha estado aquí? ¿Quién era ella? ¿Era real?

Me miró fijamente durante un rato, sonreía irónicamente, los ojos le brillaban. Después sacudió la cabeza como si se hubiera quedado en trance. Su cara era deliberadamente inexpresiva.

—¡Ah! ¿Estás esperando una respuesta? ¿Cuál era la pregunta?

—Deja de comportarte como un chiflado, Archie.

Miró hacia el oeste. El sol parecía mantequilla derretida sobre las Maricopas.

—¿Que si era real? Por supuesto, mucho más que nosotros, ni lo dudes, ésas son las buenas noticias —me señaló con la pipa—, y con un buen nombre. Stargirl. Aunque creo que tenía cosas más simples en la cabeza. La gente estrella es poco común. Tendrás suerte si conoces a otra persona.

—¿Gente estrella? —dije—. Ahí me he perdido.

Se rió entre dientes.

—No pasa nada, yo también me pierdo. Es sólo mi excéntrica manera de explicar algo que, igual que tú, no entiendo.

—¿Qué tienen las estrellas que ver en todo esto?

Me señaló de nuevo con la boquilla de la pipa.

—Ésa es la pregunta clave. Las estrellas tienen que ver con el origen. Nos proporcionaron los ingredientes, los elementos primordiales que más tarde se convirtieron en nosotros. Al fin y al cabo, estamos hechos de estrellas, ¿verdad? —agarró el cráneo de Barney, el roedor del paleoceno.

—¿Y Barney también?

Afirmé, para ver dónde quería llegar.

—Creo que cada cierto tiempo aparece alguien que es más primitivo que todos nosotros, que está más cerca de nuestros orígenes, más en contacto con la materia de la que estamos hechos.

Las palabras parecían encajar con Stargirl, sin embargo, no lograba descifrar su significado. Se fijó en mi mirada perdida y se rió. Me lanzó el cráneo de Barney. De nuevo, me miró fijamente.

—Le gustaste, chico—me dijo.

La intensidad de su voz y sus ojos me hizo pestañear.

—Sí —afirmé.

—Sabes que lo hizo por ti, ¿no?

—¿Qué?

—Olvidarse de sí misma durante un tiempo. Te quiso hasta ese punto. Fuiste un chico muy afortunado.

No podía mirarlo a la cara.

—Lo sé.

Negó con la cabeza, lo invadió una tristeza llena de sabiduría.

—No, no lo sabes. Todavía no lo puedes saber. Quizá algún día…

Sé que estuvo a punto de seguir hablando. Seguramente para decirme lo estúpido y cobarde que había sido, que nunca más volvería a tener una oportunidad así. Sin embargo, me sonrió de nuevo y sus ojos se enternecieron. De su boca no salió más que humo de cereza, ni un solo comentario hostil.

Los sábados, seguí asistiendo a las reuniones de la Orden Leal de los Huesos Fosilizados. No volvimos a hablar de ella hasta el siguiente verano, unos días antes de que empezara la universidad. Archie me había pedido que fuese. Me llevó hasta la parte de atrás, pero esta vez no fuimos al porche, sino a la caseta de herramientas. Quitó el cerrojo y abrió la puerta. Después de todo, no era una caseta de herramientas.

—Ésta era su oficina —me dijo invitándome a pasar.

Ahí estaba todo el material que utilizaba y que yo esperaba haber visto en el cuarto de su casa; la oficina, cuya ubicación nunca me quiso confesar: los rollos de lazo, de papel, los cartones de colorines, las cajas, los recortes de periódico, las acuarelas, las latas de pintura y un montón de listines telefónicos.

Había un mapa municipal de Mica clavado con chinchetas a una pared. Decenas de chinchetas de diferentes colores señalaban puntos del mapa. No había leyenda que indicara el significado de los colores. En la pared opuesta, había un calendario gigantesco hecho a mano. Tenía un cuadrado para cada día del año. A lápiz, escritos en los cuadrados, había nombres. El título del calendario era «cumpleaños». No había nada en color excepto un pequeño corazón rojo al lado de mi nombre.

Archie me tendió una especie de álbum de familia bastante grande. El título, escrito a mano, decía: «Los primeros años de Peter Sinkowitz». Le eché un vistazo. Vi las fotos que sacó aquel día: Peter peleándose con sus dos amigas y llorando por su querido plátano de plástico de cuatro ruedas.

—Tengo que esperar cinco años para dárselo a sus padres —dijo Archie.

Señaló un archivador que había en una esquina. Tenía tres cajones. Abrí uno. Había decenas de carpetas rojas, cada una con un nombre. Vi el mío, la saqué y la abrí. Ahí estaba el artículo que apareció en el *Mica Times* tres años antes, una descripción sobre mí del periódico de la escuela y varias fotos que no sabía que me había hecho: en el estacionamiento, saliendo de la escuela, en el centro comercial... Parece ser que Peter Sinkowitz no era su único blanco. También había un papel con dos columnas: «le gusta» y «no le gusta». Encabezando la columna de «le gusta» estaban las corbatas con puercoespines, debajo los batidos de plátano y fresa.

Dejé el archivo en su sitio. Vi otros nombres: Kevin, Dori Dilson, Sr. McShane, Danny Pike, Anna Grisdale, hasta Hillari Kimble y Wayne Parr.

Di un paso atrás. Estaba aturdido.

—¡Esto es increíble! ¡Archivos sobre la gente! Como si fuera una espía.

Archie afirmó sonriente.

—Una traición adorable, ¿verdad?

Me quedé sin habla.

Archie me acompañó hasta el jardín y la luz me deslumbró.

33

Cada vez que volvía a casa en mis años de la universidad, iba a ver a Archie. Después empecé a trabajar en el Este y mis visitas fueron menos frecuentes. Archie envejecía y cada vez había menos diferencias entre él y el Sr. Saguaro. Nos sentábamos en el porche de atrás. Él parecía estar fascinado por mi trabajo. Era diseñador. Me di cuenta hace poco de que había aprendido a mirar el mundo como un diseñador el día que Stargirl me llevó a su lugar encantado.

La última vez que fui a verlo, me recibió en la puerta de entrada. Me puso unas llaves delante de los ojos.

—Tú conduces.

Un viejo cubo traqueteaba en la parte de atrás del auto de Archie. En el regazo llevaba una bolsa de papel marrón.

Por el camino le pregunté, una vez más:

—¿Ya la has logrado entender?

Hacía años que se había ido, y todavía seguía sin hacer falta llamarla por su nombre. Sabíamos de quién estábamos hablando.

—Sigo pensando en ello —contestó él.

—¿Sabes algo más?

Las preguntas ya nos eran familiares.

Aquel día dijo: «Es mejor que los huesos». En la visita anterior dijo: «Cuando una Niña Estrella llora, no salen lágrimas de sus ojos, sino haces de luz». Otros días de otros años se había referido a ella como «la paloma que sale del sombrero del mago» y «el disolvente universal» y «la recicladora de toda nuestra basura».

Decía todo esto con una sonrisa irónica, sabiendo que me confundiría y que obligaría a meditar sobre ello hasta nuestro próximo encuentro. Estábamos en la ladera de la montaña, era por la tarde. Me indicó que parara en la cuneta de la carretera. Salimos del auto y caminamos. Llevaba la bolsa de papel. Yo agarré el cubo. De la bolsa sacó un sombrero azul de tela y se lo puso en la cabeza. El sol, que parecía cálido en la distancia, desprendía ahora un calor abrasador.

No nos alejamos demasiado ya que le costaba andar. Nos detuvimos sobre una roca suave y gris. Sacó una piqueta de la bolsa y comenzó a picar la roca.

—Esto servirá —dijo.

Sujeté la bolsa de papel mientras picaba la roca. Tenía la piel de los brazos seca y escamosa, como si su cuerpo se estuviese preparando para unirse con la tierra. Tardó diez minutos en cavar un agujero que le pareció del tamaño adecuado.

Me pidió la bolsa. Me sorprendió lo que sacó de ella.

—¡Barney! —exclamé.

El cráneo del roedor del paleoceno.

—Ésta es su casa —dijo Archie.

Confesó no tener la energía suficiente para devolver a Barney a su lugar de origen, Dakota del Sur. Dejó a Barney en el agujero. Sacó un trozo de papel del bolsillo, hizo una bola y lo metió con el cráneo. A continuación, sacó del cubo una jarra de agua, una pequeña bolsa de cemento, una paleta y una bandeja de plástico. Mezcló el cemento con la paleta y lo esparció sobre el agujero. De lejos, no se notaba que esa roca había sido manipulada.

Cuando volvíamos al auto, le pregunté qué decía en el papel.

—Una palabra —por su forma de contestar deduje que no merecería la pena seguir preguntando, porque no contestaría.

Condujimos hacia el este de las montañas y llegamos a casa antes de que anocheciera.

Cuando volví a visitarlo, otra persona vivía en casa de Archie. La caseta de herramientas de la parte de atrás ya no estaba. Ni el Sr. Saguaro.

Hoy, una guardería se alza en el lugar encantado de Stargirl.

Más que estrellas

Desde que terminamos la escuela mi clase se ha reunido cada cinco años. Yo todavía no he ido nunca. Sigo en contacto con Kevin. Nunca se fue de Mica y ahora tiene una familia. Como yo, tampoco acabó trabajando en la televisión, pero le ha sacado buen partido a su facilidad de palabra: es comercial de seguros.

Kevin cuenta que cuando se reúnen los de la clase en el Club de Campo de Mica se habla mucho de Stargirl y todos tienen curiosidad por saber qué habrá sido de ella. Parece ser que la pregunta más común últimamente es «¿Te uniste al tren?» y que en la última reunión, de broma, hicieron el tren, con las manos en la cintura del de delante pegando saltitos por el campo de golf. Pero no fue lo mismo.

Nadie sabe qué fue de Wayne Parr, salvo que Hillari y él rompieron poco después de terminar la escuela. Lo último que se sabe es que Wayne quería ser socorrista.

En la escuela hay un nuevo club que se llama Los Girasoles. Para ser miembro hay que firmar un acuerdo en el que prometes «hacer algo bueno al día por alguien que no seas tú». Hoy día, la orquesta de Los Electrones debe de ser la única de Arizona con un ukelele.

En la cancha, Los Electrones, no han vuelto jamás a tener el éxito que disfrutamos todos cuando yo cursaba undécimo grado. Pero en los últimos años, algo de aquella temporada ha resurgido que ha dejado a los fans de los equipos contrarios desconcertados. Cuando el equipo contrario mete una canasta, un pequeño grupo de Electrones vitorea y pega brincos.

Cada vez que voy a Mica paso por su antigua casa en Palo Verde. La última vez que fui vi a un chico joven pelirrojo atando unos esquís de agua en la baca de un escarabajo amarillo. Debía de ser Peter Sinkowitz. Me pregunté si sería tan posesivo con su escarabajo como lo había sido con su plátano de cuatro ruedas. Me pregunté si sería lo suficientemente mayor para apreciar su álbum de fotos.

En cuanto a mí, me volqué en mi trabajo y sigo estando ojo avizor por si algún día veo un camión de reparto de comida plateado. La recuerdo. A veces camino bajo la lluvia sin paraguas. Cuando veo monedas en las aceras, las dejo donde están. Si nadie mira, dejo caer una de veinticinco centavos. Me remuerde la conciencia cuando compro tarjetas de Hallmark. Estoy atento por si oigo algún sinsonte.

Leo los periódicos. Todos los de Estados Unidos. Me salto las primeras páginas y los titulares, voy directo a las últimas páginas. Leo la parte de sociedad y los artículos de relleno. Desde Main a

California, leo sobre pequeños actos de bondad. Sé de un hombre en Kansas City que todas las mañanas se levanta, se pone en un cruce y da los buenos días a la gente que se dirige al trabajo. Sé de una niña en Oregón que vende vasos de limonada por cinco centavos el vaso y si sus clientes quieren, incluso les rasca la espalda.

Cuando leo estas cosas, me pregunto «¿Estará ella ahí?». Me pregunto cómo se llamará ahora. Me pregunto si sigue teniendo pecas. Me pregunto si alguna vez tendré otra oportunidad. Me pregunto, pero no pierdo la esperanza. No tengo familia, pero no me siento solo. Sé que me están observando. El eco de su risa es como un segundo amanecer, y por la noche me da la impresión de que hay algo más que estrellas mirándome desde ahí arriba. El día anterior a mi cumpleaños, el mes pasado, me llegó por correo un paquete envuelto en papel de regalo. Era una corbata con puercoespines bordados.

JERRY SPINELLI

Es autor de numerosos libros para jóvenes, que lo han hecho merecedor de galardones como la Newbery Medal. Después de licenciarse en Literatura Inglesa por la Universidad de Gettysburg, trabajó en varias revistas como editor. Todos los días, a la hora de comer, cerraba la puerta de su despacho y escribía novelas para adultos que nunca fueron aceptadas por las editoriales a las que las enviaba. Un día envió una novela sobre un chico de 13 años; los editores de adultos la rechazaron de nuevo pero fue aceptada por el editor de libros juveniles. Así, de una manera accidental, según él piensa, se convirtió en escritor de literatura juvenil.

Actualmente vive con su mujer, Eileen, en Pennsylvania. Sus seis hijos le han proporcionado bastante material para sus libros.